武士の本懐〜武士道小説傑作選＊目次

武士《おとこ》の紋章——滝川三九郎

池波正太郎

池波正太郎《いけなみしようたろう》（一九二三～一九九〇）
大正十二年、東京浅草に生まれる。東京都職員のかたわら、戯曲を執筆し、長谷川伸に師事する。舞台やラジオ・テレビドラマの脚本を書きながら、小説にも手を染め、昭和三十五年「錯乱」で、第四十三回直木賞を受賞。昭和四十年代から「鬼平犯科帳」「剣客商売」「必殺仕掛人」の三大シリーズを始め、絶大な人気を獲得した。

一

慶長八年（一六〇三）といえば、関ガ原の決戦に勝利をおさめた徳川家康が、〔征夷《せいい》大将軍〕に補任《ほにん》せられた年である。

爾来《じらい》、二百数十年にわたって存続する徳川幕府は、ここにその第一歩をふみ出した。

亡《な》き太閤《たいこう》秀吉の遺子・秀頼を大坂城に擁《よう》した豊臣家の残存勢力は在《あ》っても、日本の統率者としての家康の実力は確然たるものとなり、諸大名は、ついに徳川政権の下《もと》に屈服した。

だが……。

豊臣政権から徳川政権への烈《はげ》しい転移《てんい》は、諸大名の家に、それぞれ複雑な投影をあたえずにはおかなかった。

伯耆《ほうき》の国（鳥取県）米子《よなご》・十八万石の領主・中村伯耆守一忠《かずただ》の家中《かちゅう》におこった血なまぐさい騒動にも、中央政権のうつりかわりによる影響がないとはいえぬ。

この年の十一月十四日のことであるが、中村一忠の夫人・於《お》さめの方の〔額直《ひたいなお》し〕の祝いが米子城内でおこなわれた。

ちなみにいうと、一忠の夫人は松平康元《まつだいらやすもと》のむすめで、このとき十二歳の少女である。〔ひたい直し〕の祝いは、いわば男子の元服《げんぷく》に準ずるもので、女子の場合、眉《まゆ》を剃《そ》らず鉄漿《かね》もつけずに、髪《かみ》かたちを一人前《ひとりまえ》の婦人のものに直す。

この祝いの式にのぞんだ夫の中村一忠も、わずか十四歳の殿さまなのである。城の本丸内の御殿へ家来一同があつまり、とどこおりなく式もすんだ。

異変は、この後に起った。

夕暮れとなって、家来たちも引き下り、最後に残った家老の横田内膳村詮《よこたないぜんむらあき》が、

「殿。それがしも、これにて……」

一礼し、退出しかけた、そのとき、

「内膳。待て」

少年殿さまの声がかかった。

「は……?」

「江戸よりの書状じゃ。目を通しておいてくれぬか」

江戸よりの書状といえば、将軍・家康か、または徳川幕府からのものであろう。

殿さまは、人ばらいを命じた。

殿さまの満面に血がのぼり、書状を出した手がわなわなとふるえているのを、横田内膳は見て、

（これは、何やら重大事が起ったにちがいない）

と、直感した。

横田内膳は、単なる家老の一人ではない。

もとは阿波《あわ》・高屋の城主、三好山城守《みよしやましろのかみ》の家来であった彼が、主家ほろびて後、この中村家へつかえるようになったのは、いつごろのことか不明であるが、

「内膳あればこそ、中村家も立ちゆくようになったのじゃ」

と、これは徳川家康の言である。

三年前の、あの関ガ原大戦の直前に病死をした先代の殿さま、中村式部少輔一氏《なかむらしきぶしょうゆうかずうじ》は周知のごとく豊臣三中老の一人であって、

「式部少輔には、いささかの油断もならぬ」

関ガ原の戦いにのぞむ徳川家康の、中村家のうごきを見る眼《め》はきびしかった。

だから、中村一氏がすばやく決意をし、款《かん》を家康に通じ、

「それがし、すでに病勢すすみ、再起の望みなし。わが子、一忠もまた幼弱なれば……なにとぞ、なにとぞ、わが家の後事をたのみまいらせる」

必死に歎願《たんがん》をしたものだが、それでも尚《なお》、家康の疑惑はとけなかった。

この家康のうたがいをとるためには、横田内膳の文字通りの東奔西走の活躍があり、ついに家康のこころをとくことができたのである。

このころの内膳は六千石の老職となっており、主人・中村一氏の妹を妻に迎えているほどだ。

当時、中村一氏は駿河国《するがのくに》で十七万五千石を領し、もとは徳川家の城であった府中城（静岡市）へ入っていた。江戸の徳川を押えるための一つの拠点として、故太閤秀吉が封じたものであった。

そうした、むずかしいところにいて、徳川家康のうたがいをとくことは非常な困難をともなったことはいうまでもない。

それだけに、横田内膳の功績は大きかったといえよう。

中村一氏が死に、関ガ原戦が終って徳川の天下となったとき、駿河から無事に伯耆十八万石へ封ぜられたのも、

「内膳あればこそじゃ」

と、いうことになる。これは家康がじきじきにいったことだけに、少年の殿さまの後見役として、横田内膳の威望は天下のみとめるところだ。

その内膳だけに、江戸からの書状ときき、さらに殿さまの様子が只事《ただごと》でないのを見て、

「なに事でござろう」

もどって来て、書状をうけとり、ひらいた。

ひらいて見て瞠目《どうもく》した。

書状は白紙だったのである。

「これは……？」

不審《ふしん》そうに顔をあげた横田内膳の脳天を、

「やあっ！」

十四歳の殿さまが、いきなり脇差《わきざし》をぬき打ちにたたきつけたものである。

びゅっ……と血が疾《はし》った。

「あ……」

信じられぬといったふうに口をあけた内膳へ、

「わあ……ぎゃっ！」

殿さまは狂人のような叫びをあげ、二度、三度と斬《き》った。内膳は苦痛のうめきをあげつつ、差しぞえの小刀の柄《つか》へ手をかけたが、まさか主君を相手に闘うわけにはゆかぬ。

内膳は、気力をふりしぼって、次の間へ逃げた。

人ばらいを命ぜられ、次の間にひかえていた侍重臣の一人で安井清十郎というものが、このとき飛び出して無言のまま横田内膳を押えつけようとするのへ、

「安井。謀《はか》ったな！」

六十に近い老人とはおもえぬすさまじい手練《しゅれん》で、内膳がぬき打った。

「あっ……」

安井清十郎が左腕を斬られてひるんだとき、

「その者を討ちとめよ！」

殿さまが叫び出した。

「ろうぜき者じゃ。討て、討て！」

大廊下にひかえていた近藤善右衛門がこれをきいて飛びこみ、血みどろになり抜刀して逃げ出して来る影を見て、

「くせもの！」

「いきなり、脇差をぬくや刺撃《しげき》した。

「むゥ……」

致命的な一撃をうけ、くずれ折れるように殪《たお》れた横田内膳の顔を見て、

「あっ、横田様か……」

はじめてそれと気づき、近藤は愕然《がくぜん》となった。

「横田様と知っていたなら、決して殺しはせなんだものを……」

と、内膳に恩顧《おんこ》をうけていた彼は、のちに語っている。

これからが、大騒動になった。

横田内膳は、米子城の内、飯ノ山〔内膳丸〕とよぶ曲輪《くるわ》を持っており、ここに屋敷をかまえていたから、

「いかに少年の主君であるからとて、このような無礼討ちにもひとしい所業《しわざ》をだまって見てはおられぬ」

「いや、これは殿御一人のふるまいではない。安井清十郎が殿をそそのかしたにちがいなし」

とにかく、横田一門に組するさむらいは承服できぬ。

たちまち武装をととのえ〔内膳丸〕へあつまり、かたく門をとざして〔本丸〕の藩主に対抗するかまえとなった。

米子城は、島根半島と弓ガ浜半島にかこまれた中海《なかのうみ》にのぞむ湊《みなと》山にきずかれてい、この山の一峯が飯ノ山だ。

この飯ノ山の〔内膳丸〕にたてこもった者は、内膳の息子・横田主馬之助《よこたしゆめのすけ》以下、足軽なども加えて約二百といわれる。

この中に柳生五郎左衛門宗章《やぎゆうごろうざえもんむねあき》がいた。

五郎左衛門は、かの柳生石舟斎宗厳《むねよし》の四男にあたる。

いうまでもなく柳生新陰《しんかげ》流の道統をつたえる剣士のひとりであるし、その豪勇無双は知る人ぞ知るといわれたほどの人物であった。

ときに、柳生五郎左衛門は三十七歳。

中村家の武士たちも、この剣士にまなぶ者が多い。

その中でも滝川《たきがわ》三九郎一積《かずあつ》は、五郎左衛門がもっとも嘱望をしている若者であったが、米子城の内外が騒ぎ立つ中に、大身の槍《やり》をかいこんだ柳生五郎左衛門が滝川三九郎の屋敷へ駈《か》けつけ、玄関口で三九郎と、あわただしい別れを告げた。

「三九郎殿。わしは中村家の禄《ろく》を食《は》むものでもなく、横田家の臣でもないが、諸国をまわって武芸修行をおこなううち、亡《な》き横田内膳殿のあつき知遇《ちぐう》をうけ、あまりの居心地のよさに、ついつい一年に近い月日をここに送った。おぬしもききおよんだであろうが、いまこのとき、指をくわえて傍観《ぼうかん》もなるまい。それに……こたび内膳殿横死《おうし》については、十八万石の太守の所業《しわざ》としてはわしが胸にすえかねるふるまい。ゆえに五郎左は、これより内膳丸へたてこもり横田一族の見方するが……三九郎殿はいうまでもなく本丸へ馳《は》せつけられよう。いざ、これまで」

と、柳生五郎左衛門がにっこりとしていい放つと、滝川三九郎も、

「お言葉、かたじけなく存じまする」

叫ぶようにこたえた。

「いざ相まみゆるときは、いさぎよくな」

「心得まいてござる」

「では……」

「はい」

二

翌十五日の夕暮れになると、米子からは五里ほどの出雲《いずも》・富田の城主、堀尾吉晴《ほりおよしはる》が、みずから五百三十余の手兵をひきいて米子城へ馳《か》けつけて来た。

昨夜、中村一忠が、

「なにとぞ、おたすけ下されとうござる」

と、急使を送ったからである。

「困ったことを仕出かしてくれたものじゃ」

堀尾吉晴は老顔をしかめて、そうつぶやいた。

困ったことを、中村家の主人も家来も仕出かした、というのである。

十四歳の中村一忠が、亡父の代からの家老を何の詮議《せんぎ》もなしに斬ったことは、いかに主人だからといってゆるされることではない。

これは、横田内膳の独裁をにくむ安井清十郎一派のたくらみであることは、堀尾吉晴にも、ただちに看取《かんしゅ》された。

いわば、年少の殿さまを中にしての重臣どもが派閥《はばつ》のあらそい、勢力の角逐《かくちく》がこの異変をよんだのである。

横田内膳にしても、

「戦陣のかけひきも、まことに巧妙なれど、さらにその上、伯耆へ移り来てから、わずか二年のうちに、ようもあれまで、城下の町々を繁栄させたものじゃ」

かねてから吉晴も感嘆しているほどの政治家でもあり、さらにその上、徳川将軍に目をかけられているというのだから、どうしてもそこに得意の色が浮かばずにはいられなかった。

(わしあればこその伯耆十八万石じゃ)

という自負が、六十に近い横田内膳の胸をふくらませていたのである。

ゆえに、十四歳の主君などは、まるで子供あつかいにするところがあり、他の重臣たちにもあたまを上げる隙《ひま》さえもあたえない。

(関ガ原の折に、家康公のおん胸のうちをやわらげ、ぶじに主家を存続させ得たのは、この内膳のはたらきがあったればこそじゃ)

と、口に出してはいわぬけれども、こころの中では何度も声を張りあげて、自身にいいきかせてもいる。

〔伯耆志〕には、

——その威望、遠近にふるい……(中略)……また領内の寺社領その他を検すること骨をけずるがごとく、大山寺《だいせん》等これがためにおとろえたりという。諸事、傍若無人《ぼうじやくぶじん》なれども、その威に恐れて、かつて忠言を達するものなし。

とも記されている横田内膳であるが、それにしても安井一派がたくらんで、子供のような殿さまに手を下させ、これを誅戮《ちゆうりく》させるなどとは、

「もってのほかのことなり」

堀尾吉晴は、その幼稚さに腹を立てた。

だが、内膳派の家来たちが屋敷にたてこもり、主人の討手と戦おうというのは、

「困ったことじゃ」

と思いながらも、このことについては、荒々しい戦国武士の気風の残映が見られ、

「わしが内膳の家来であれば、やはり、そのようにしたろう」

と、後に吉晴は語っている。

しかし、捨ててはおけなかった。

なんといっても、堀尾吉晴は亡き中村一氏とは豊臣秀吉につかえた仲だし、協力して戦場にのぞんだことも何度かあり、肚《はら》を打ち割っての交友関係を保ちつづけてきていた。

その親友・一氏の子が、いまや一国の領主となり、ちからおよばぬための不祥事《ふしようじ》をひき起してしまった。

「小父《おじ》さま、どうか、おたすけを……」

と、その子がたのみに来たのである。

また、放《ほう》り捨てておいては、徳川幕府がどのような処断《しよだん》を下すか知れたものではない。

まかり間ちがえば、中村家の取りつぶしということにもなりかねまい。

舌うちを洩《も》らしつつも、

「よし。わしが出張《でば》ろう」

六十をこえた老軀《ろうく》をひっさげ、堀尾吉晴みずからの出馬となったものだ。

堀尾の援兵が到着をしたのを見て、中村一忠も、どんなに心強くおもったか知れぬが、
本丸方の家来たちも勇気百倍をした。

堀尾吉晴も、三度にわたり、

「争うはやめよ」

と〔内膳丸〕へ使者を立てたが、横田派二百名は断固としてきき入れぬ。

「殿さまが両手をついて、おわびなさるなら、門をあけましょう」

というのだ。

そのようなことが出来るわけがない。

「もはやこれまで。永引いてはならぬ。よしよし、わしが後詰《ごづ》めしてくれようゆえ、思いきって攻めかけるがよい」

堀尾吉晴がいった。

ついに、夜に入って戦闘の火ぶたが切って落された。

鎧《よろい》こそつけぬが物々しい武装に身をかためた〔本丸〕方七百余名が、ひしひしと〔内膳

丸〕を包囲するや、

「えい、おう。えい、おう！」

〔内膳丸〕の内で、主君の討手を迎えた横田方悪びれもせず、一斉に鬨《とき》の声をあげる。

諸方で篝火《かがりび》が燃え立つ。

「それ、打ちかけよ！」

物頭《ものがしら》の依藤半左衛門、藤江蔵人以下百五十名が、先《ま》ず〔内膳丸〕の表門と小門を打ちこわしにかかるや、横田方から高井左吉右衛門が十余名をひきいて躍り出し、猛然と十文字槍をふるって突撃して来た。

あとは、乱戦となった。

多勢をたのみ、押しこんで来る〔本丸〕方に曲輪門を破られ、横田方は、どっと内膳屋敷内へ引き退く。

「かまわぬ、火を放て！」

というので、屋敷へも火がかかる。

柳生五郎左衛門が単身、大身の槍をつかんであらわれたのは、このときであった。

「いざ、まいられい」

屋敷門を背に槍をかまえた五郎左衛門の立派さを敵も見方も知らぬものはない。

それだけに、

「先ず、それがしが……」

殿さまの侍臣・遠山小兵衛が槍を合せたが、たちまち突き伏せられた。次は今井某が槍をつける。これも股《もも》を突かれて引き下がるとき、

「ごめん」

吉田左太夫といって中村家の臣のうちで槍術《そうじゅつ》ではきこえた勇士が進み出た。

二合、三合、烈《はげ》しく突き合ったかと見る間に、

「えい！」

裂帛《れっぱく》の一声と共に、吉田の長槍は宙天にはね飛んでいた。

火の粉が舞う門前で、この決闘を敵も見方も息をのんで見まもっている。

「お相手つかまつる」

と、ここへ滝川三九郎が大刀をぬきはらって出た。小柄《こがら》ではあるが、きびしく引きしまった体軀《たいく》で、平常は〔ねむり猫《ねこ》〕とよばれている温和な顔貌《がんぼう》もさすがに緊迫していた。

「三九郎殿か……」

柳生五郎左衛門は、三九郎が得物《えもの》は太刀と見て、槍を門扉《もんぴ》へ立てかけ、これも大刀をぬいてかまえる。

互いに間合いをつめ合い、二間をへだてて停止したとき、

「三九郎殿。いまこのときを忘るな」

と、五郎左衛門がいった。

「よいか、武士《もののふ》の一生は束《つか》の間《ま》のことぞ」

「はっ」

「その束の間を、いかに生くるかじゃ」

「おお」

「まいれ」

二人の体軀が地ひびきをたてて飛びちがい、刃と刃が宙にきらめき、

「えい！」

片ひざをついた柳生五郎左衛門が、すくいあげるように滝川三九郎の左の太股を薙《な》ぎはらった。

転倒する三九郎へ、五郎左衛門は二の太刀を打ちこまず、

「それ、今じゃ！」

門の内へ声をかけると、塀《へい》の上に鉄砲をかまえていた二十余名が、すさまじい一斉《いっせい》射撃をおこなったものである。

絶叫と悲鳴があがり、つめ寄せた「本丸」方が、どっと後退するのへ、

「まいるぞ！」

柳生五郎左衛門は大刀をふるって長槍の柄《つか》を半分に切り断ち、これを左手に、大刀を右

にかまえつつ、

「柳生新陰の極意《ごくい》、とくとごらんなれ」

一気に、むらがる敵勢の中へ斬って入った。

「なるほど。柳生流とは、このようなすさまじいものであったか……」

と、この夜の五郎左衛門の奮闘によって柳生の名が天下に再認識させられたといわれるほどの働きぶりをしめしたのち、五郎左衛門はついに討死をとげたのである。

しかし横田方の奮戦の物凄《ものすご》さには手のつけようがなく、たまりかねた堀尾吉晴が総攻めをかけ、これがため、

「もはやこれまで」

横田主馬之助は自殺し、横田屋敷焼亡と共に、騒乱も熄《や》んだ。

ところで……。

師の柳生五郎左衛門の一刀を太股に受け、重症を負った滝川三九郎は、

「師は、わざと己《おれ》の息の根をとめなんだ。そっと生きて見よとのお心があったからであろう。武士の一生は束の間、とあの夜、師はおおせられたが……」

かいがかしく手当てをする妻の於妙《おたえ》に、

「束の間の一生、生きてみるか」

と、笑いかけた。

五郎左衛門に斬られるつもりでいたのである。

三九郎の妻於妙は、真田昌幸《さなだまさゆき》のむすめで、かの真田幸村の妹にあたる。

この真田父子が、関ガ原大戦の折には西軍に組し、そのため家康から追われて、紀州・九度山《くどやま》に隠棲《いんせい》していることは世に知らぬものはない。

三

真田昌幸のむすめ、於妙は、はじめ石田三成の義弟・宇田河内守頼次《かわちのかみよりつぐ》へ嫁《か》した。

宇田頼次の姉が石田三成の妻ということだ。

ゆえに、関ガ原合戦のときには、宇田家はこぞって西軍の総帥《そうすい》たる石田三成へ組し、三成の居城・佐和山《さわやま》へ入ったのである。

宇田頼次は、これより先に、

「この騒乱がおさまるまでは、実家へ帰っておれ」

と、新妻にいった。

於妙は、ときに十八歳であった。

頼次としては、この少女のような新妻を戦乱に巻きこみたくなかったものか……。

すでに頼次は、石田三成の父・正継《まさつぐ》の養子となってい、したがってこの夫婦は佐和山城内に暮していたのである。

ともあれ於妙は実家へもどった。いや、もどされたといったほうがよかろう。

実家の真田家は周知のごとく信州・上田に居城がある。

そして……。

関ガ原戦後、上田の真田父子は紀州へながされ、上田は徳川の手に没収されたが、真田昌幸の長男・信幸は徳川家康の信頼をうらぎることなく、父と弟に別れ東軍へ加わったので、上州・沼田の城主である真田分家は安泰であった。

「於妙、わしが……」

一時は、父にしたがい紀州へおもむく筈《はず》であった於妙を、長兄の信幸が引きとってくれた。佐和山全滅と共に、於妙の夫・宇田頼次も戦死をしてしまい、

「気の毒にの、若い未亡人《やもめ》が出来た」

真田信幸の妻・小松の実父である本多平八郎忠勝が、

「よし。わしが相手を見つけて進ぜよう」

と、のり出した。

本多忠勝といえば、徳川の四天王とよばれた武勇の士で、この人物の助言がなければ、上田の真田父子も死罪をまぬがれぬところであったという。

「なにとぞ、父と弟の一命のみはお助け下されまするよう」

と、真田信幸が徳川家康に必死の歎願《たんがん》をおこなったとき、家康はなかなか承知しなかっ

た。

そこへ、本多忠勝が進み出て、むすめ聟《むこ》の信幸のため大いに弁じたて、家康もついに、

「中務大輔《なかつかさたゆう》（忠勝）が後楯《うしろだて》ではのう」

苦笑と共に、真田父子のいのちをたすけた。

それほどの本多忠勝の肝いりがあったから、石田三成義弟の妻という前歴をもつ於妙と滝川三九郎との縁談もととのったわけであろう。

当時、すでに三九郎は中村家の臣となっていたが、

「こともあろうに……そのような女を妻に迎えることもあるまい」

周囲の人びとは、そうすすめたし、本多忠勝からも、

「むりにとは申さぬ」

との、伝言があった。

すると、滝川三九郎は、

「真田が承知なれば、それがしに否《いな》やはござらぬ」

あっさりと、こたえた。

敗軍の士の妻をひきうけようというのだが、そこには、やはり、於妙という女を通して真田一門へのふかい同情が三九郎に在《あ》ったからであろう。

真田信幸は、この滝川三九郎の言葉をきき、

「信幸。三九郎殿のこころをありがたく、生涯《しょうがい》忘れ申すまい」

感涙をうかべていった。

この言葉が上辺《うわべ》だけではなかったことは、後年に信幸が身をもってしめすことになるのだが……。

かくて於妙は、滝川三九郎のもとへ再婚をした。

そして、中村家が駿府《すんぷ》から伯耆・米子へうつるころには、

「あれほどに仲むつまじゅうて、子が生まれぬのがふしぎ、ふしぎ」

などと家中《かちゅう》でも評判の夫婦となっている。

ところで……。

このあたりで滝川三九郎一積について語っておきたい。

織田信長の重臣で、滝川一益《たきがわかずます》の名を知らぬものはいまい。

柴田、明智、羽柴などと並んで織田家に羽ぶりをきかせた滝川一益は、主人、信長が本能寺に横死《おうし》してから、柴田勝家と同盟し、羽柴秀吉と争ったが、事やぶれて降参をした。

この後、一益は越前《えちぜん》・大野へ引きこもり、天正十四年秋に逆境の身をさびしく死んだのだが、後つぎの一忠《かずただ》（かの少年殿さまと同名）は、

「おれはもう主取《しゅど》りは、つくづく厭《いや》になった」

家を捨て、生涯を巷《ちまた》に埋没してしまった。

この滝川一忠の子が三九郎一積なのである。

織田信長が存命ならば、滝川家の命運もさかんであったろうし、三九郎の将来も洋々たるものであったろうが、信長、秀吉を経て天下の大権が徳川のものとなったいまは、辛《かろ》うじて中村家の臣として戦乱の世を生きのびたのが精一杯のところだ。

三九郎も於妙も、立場こそちがえ、それぞれに戦乱の犠牲者だといえぬこともない。

四

さて、横田内膳騒動の後、伯耆十八万石の中村家はどうなったろうか……。

十四歳の殿さま中村一忠も次第に大きくなる。

大きくなりはしたが、一国の主《あるじ》としての素質はまったく無かったようだ。

横田内膳という船長を失った中村丸は、たちまちに浸水し、沈没してしまったのである。

〔伯耆志〕にいわく。

――一忠は平生、美麗《びれい》を好みて、寺社参詣《さんけい》、遊猟にも、その行列、もっとも厳《おごそか》なり。

慶長十四年、京都に至り、その夏、帰国あって身体例ならず。治療をすすむれども、その験《しるし》もなきに強《し》いて遊猟をもよおされ、霖雨《りんう》の頃《ころ》、たびたび城外へ出《い》でられけるが、五月十一日、また外より帰城ありしに、疾（病気）にわかに劇《はげ》しくして医薬をすすむる間もあらず……息がとまってしまったらしい。

横田内膳へ斬《き》りつけたときといい、この場合といい、先天的に異常性格者であったものと見える。

二十歳の一忠は、妾腹《しょうふく》の子を一人のこしていた。

これは農家の女に生ませたもので、幕府にはとどけ出ていない子であった。

これでは、どうにもならぬ。

横田内膳ならば、この妾腹の子を何とかして後つぎに直すように、幕府へも将軍へもはたらきかけたにちがいないが、殿さまが死ぬや、またも家来たちが分裂してしまい、いろいろと騒ぎたてているうちに、ついに幕府は、

〔中村家断絶〕

を決定してしまった。

家来たちは元も子もなくして浪人することになったが、不運つづきの滝川三九郎も、このときだけは天の助けか、すでに中村家をはなれ、徳川の旗本になっていたのである。

三九郎が中村家を去ったのはあの騒動のすぐ後のことだ。事情は次のごとくである。

三九郎の叔父に滝川久助一時《かずとき》という人物がいる。

この叔父、徳川の旗本であったが三十六歳で死んでしまい、当年二歳の子が残された。

これも妾腹の子で届けが出していない。

滝川家でも一騒動あったわけだが、幕府も、

「滝川ほどの名家を絶やすのは惜しい」

と、同情してくれたらしく、結局は、

「中村伯耆守につかえている滝川三九郎を迎え、幼年の当主が成長するまでに名代としたらよかろう」

ということになった。

故滝川久助の家来たちは、三九郎が入って来るのをきらったけれども、

「どうも滝川の家来たちには、しっかりした者がおらぬ」

幕府老中からにらまれていたほどだし、

「御家をつぶすよりは、三九郎様をお迎えしたほうがよい」

と、家来たちも心をきめた。中村伯耆守の家来よりもまだ増《まし》である。

幕府の声がかりだから、三九郎も厭とはいえぬ。

「妙。今度は将軍じきじきの家来になれると申す。あは、は、はは……」

「では、江戸へ……？」

「うむ。いやか？」

「いやも好きもござりませぬ。わたくしにはあなたさまのあるのみにござります」

「おれは、もう何処《どこ》にいて何をしても同じような心がしている。あの夜、柳生五郎左衛門様に、この太股を斬り割られたときから、ふしぎに、わがこころが楽々としてまいってな」

「それは……？」

「わが師の御遺言。武士たるものの一生は束の間のことと申された、その御こころが何とのうわかる気がしてまいった」

「何処《いずこ》にて何をなさろうとも、ただ滝川三九郎という男があるのみ……このことにござりまするか？」

「いかにも」

三九郎は莞爾《かんじ》として妻を見やった。

「それゆえにこそ、何も思いわずらうことが無《の》うなったのよ。おれは何処にいてもおれのすることを為《な》す。そこのところを思いきわめれば束の間の一生、楽なものだ」

滝川夫婦は、かくて沈没前の中村丸から下船して、江戸表へ向った。

滝川三九郎は亡《な》き叔父の子・一乗《かずのり》が十五歳になるまで、名代をつとめることになったが、二千石のうち千七百五十石を受け、残り二百五十石を一乗の禄高《ろくだか》にあてた。

これも、幕府の命によるものである。

それより十年後……。

あの大坂戦争が起った。

すでに将軍位を息・秀忠へゆずりわたしていた徳川家康であるが、七十三歳の老軀《ろうく》を燃やし、大坂城に在る豊臣秀頼を討滅《とうめつ》すべく、大軍をもよおし、関ガ原以来十五年ぶりの戦陣にのぞんだ。

旗本の一人であるからには、滝川三九郎もこれに従って出陣せねばならぬ。

紀州・九度山に閑居していた真田幸村は敢然と起《た》ち、大坂城へ入って豊臣軍の参謀となった。

つまり三九郎は、妻の兄を敵にまわして戦うことになったのだ。

妻の父・真田昌幸は、ふたたび徳川家康を相手に戦う機を得ず、すでに九度山に病没している。

出陣にのぞみ、滝川三九郎は妻にいった。

「妙。こたびも、わしは楽々と仕《し》てまいるぞ」

三九郎は、この年（慶長十九年）で三十九歳。

於妙は三十二歳。

まだ、子は生まれていない。

五

慶長十九年十一月。

大御所・家康と現将軍・秀忠にしたがう諸大名合せて二十万の東軍が大坂城を包囲した。

これに対して、太閤秀吉の遺子・秀頼のもとに馳《は》せ参じた豊臣恩顧の武将や寄せあつめの浪人軍を合わせて約十万という。

いわゆる〔冬の陣〕である。

いざ戦闘がはじまって見ると、

（さすがは義兄上《あにうえ》じゃ）

と、滝川三九郎は舌を巻いた。

大坂城の南方、三の丸の惣堀《そうぼり》の外部（平野口）に、妻の兄・真田幸村は〔真田丸〕とよぶ砦《とりで》を構築し、その戦いぶりのあざやかさには、

「左衛門佐《さえもんのすけ》（幸村）を何とかできぬものか……」

徳川家康も、非常に焦慮の色をしめした。

滝川三九郎は亡き祖父の家来すじにあたる滝川豊前守《ぶぜんのかみ》（いまは二千石の幕臣として将軍につかえている）と共に家康本陣に在って使番をつとめていたから、直接に義兄の部隊と戦闘をする機会はなかった。

〔真田丸〕へは、加賀の前田部隊や越前の松平部隊が主として攻めかかったのだけれど、出ては退き、退いては突きかかる真田部隊の駆けひきのたくみさに引きずりまわされるかたちとなり、死傷者が増加するばかりであった。

小さな丘の上の小さな砦にすぎないのだが、

「なぜ、落とせぬのか……」

見ている者は、みな、ふしぎがったものだ。

しかし、いざ自分が攻めかけてみると、どうにもならぬのである。

真田丸は、大坂城・玉造《たまつくり》門の南の丘のまわり三方に空堀をつくり、塀《へい》をかけまわし、柵《さく》を三重につけ、適所に櫓《やぐら》を上げこれらを巾《はば》七間の武者走り（通路）でむすび、真田勢五千ほどがたてこもっているのだ。

東軍が押し寄せて行くと、これらの砦の装備が、まるで生きもののようにうごめきはじめる。

弾薬や鉄砲をつかい、東軍をなやませ怒らせ、じりじりと引き寄せておいては、真田勢が武者走りを縦横にうごきまわり、さんざん打ちなやますのであった。

居ると思って攻めかけた場所には一兵もおらず、まごまごしていると、

「鳥もけものも、そこにはおらぬぞ！」

櫓の上から嘲笑《ちょうしょう》がふってくるのだった。

激怒して攻めかかれば、ひどい目にあうことになる。

滝川三九郎は、義兄の活躍に苛《い》らだつ徳川家康をながめているのが、たのしくてたまらない。

ついに、家康は休戦工作にとりかかった。

この講和によって、大坂城の戦備が破壊され真田丸も取りこわされてしまったが、けれ

ども、東西両軍には、それこそ束《つか》の間《ま》の平和がもたらされたのである。

年も押しつまった或日《あるひ》のことだが……。

滝川三九郎は、鴫野《しぎの》村にある真田河内守信吉《のぶよし》の陣地を訪問した。

信吉は、真田信幸の長男で、父の名代として東軍に参加していた。

このとき真田信吉は十九歳。叔父・幸村を敵方にまわしての初陣《ういじん》であった。

だから滝川三九郎にとって、信吉は妻の甥《おい》ということになる。

「よう、おこし下されました」

信吉は丁重に三九郎を迎えた。

陣地の前面（西）には平野川がながれ、その向うの木立と草原の彼方《かなた》に大坂城がのぞまれた。

「真田丸の幸村殿は、よう戦われましたな」

「私も二度ほど押し出しましたが」手もなく追いはらわれました」

と、信吉は紅顔をほころばせ、

「こなたが手勢をひきつれ、必死で押しかかりますのを、叔父上が櫓の上から見下され
……」

幸村は、この甥の力闘に対し、

「河内どのよ。ほれ、もう一押し、もう一押し」

はげましの声をかけてくれたというのだ。

どうにも余裕たっぷりで、手も足も出ない。

しかし、後に、

「幸村は甥の初陣と見て、わざと手加減をしたのだ」

と、味方にも敵にも評判が高かったそうで、これを滝川三九郎も耳にしている。

(戦さするのも、なかなかうるさいものだな)

三九郎は苦笑をうかべたが、徳川家康はこのうわさをきくや破顔して、

「当然であろう」

と、いった。

「身内同志が敵味方に別れて戦い合うておるのじゃ。それほどの人のこころが通わなくては、けだものとけだものの争いも同然ではないか」

この家康の言葉をきいて、滝川三九郎は、この老人が好きになった。

冷酒をくみかわし、三九郎が真田の臣たちと談笑しているところへ、

「や、あれは……？」

藤田小伝吾というものが急に突立ち、彼方を指し示した。

対岸の木立からあらわれた軽武装の騎士三名ほどにかこまれた平服の武士が、いまや平野川へ馬を乗り入れようとしている。

川の水は少なかった。

冬にはめずらしい暖い日で、川水が陽《ひ》にきらめいていた。

「叔父御ではないか……」

と、真田信吉が立ちあがった。

まさに真田幸村であった。

陣にあるものが、いっせいに駈《か》けあつまった。

むかしは、いずれも同じ真田家の士として幸村と共に戦った者たちであった。

「やはり、お老《ふ》けになられたわい」

「なれど、ごらんあれ。あの手綱さばきのあざやかさ、むかしの若殿がおもい出される」

熱っぽく、なつかしげな家臣たちへの視線へ、あたたかく微笑を返しつつ、幸村が陣所へ入って来た。

うやうやしく、これを迎えた河内守信吉に、上座にすわった真田幸村が、

「御辺《ごへん》が四歳の折に対面してこのかた、いまはじめて……」

と、いいかけると信吉が、

「叔父上。真田丸へ押しかけましたるとき……」

「いや、知らぬ。わしは知らぬぞ。それにしても思いのほか大きゅう、たくましくなられた。兄上（信幸）も、さぞ、およろこびであろう」

「和睦《わぼく》成りましたるおかげにて、このように叔父上と対面かないますこと、信吉、うれしゅう存じまする」

「わしも、うれしい」

うなずいた幸村の視線が、信吉の背後にひかえている滝川三九郎へとまった。

信吉がそれと気づき、

「叔父上。滝川三九郎殿にござります」

引き合わせるや、真田幸村の面上に、こぼれるばかりの親愛の情をたたえた笑いが浮きあがってきた。

「そこもとが滝川一積殿か……」

「はじめて御目通りつかまつる。滝川三九郎にござります」

「おお……」

幸村の双眸《そうぼう》は、感動にかがやいていた。

座にいることが耐えられぬように、幸村が三九郎に近づきしっかと両手を差しのべて、こちらの手をにぎりしめ、

「於妙がこと、くれぐれもたのみまいらせる」

と、頭をたれたものである。

自分と亡父、昌幸の徹底した徳川への反抗のために、徳川方にいる親族のすべてが肩身

のせまいおもいをしていることを、幸村はじゅうぶんにわきまえていた。

夕暮れとなり、幸村が城へもどるのを滝川三九郎が見送って出るや、その左足を引きずって歩む義弟の姿に気づき、真田幸村が、

「三九郎殿。その左足のほまれの傷が、柳生五郎左衛門殿名残りの太刀にござるか？」

「いかにも」

「うらやましきこと。恩師がいつも、そこもとの左足に宿っておらるる」

「はい」

「では、これにて」

「ごめん下されましょう」

「三九郎殿。おそらくふたたび、戦さがはじまろうが、そのときこそ、そこもととは槍《やり》を合せねばなるまい」

と、いったのは、来《きた》るべき再開戦を幸村は察知していたものであろう。

そのときこそ、三九郎と槍を合わせるというのは、幸村が家康の本陣へ決戦をいどむつもりだ、といったわけである。

「うけたまわり申した」

三九郎も、このまま徳川・豊臣の両家に平和がつづくとは考えていない。

果して、翌元和《げんな》元年五月……。

丸裸にされた大坂城に、ふたたび西軍は立てこもり、東軍を迎え撃つことになった。

家康の権謀に負け、城の戦備を取りこわされた西軍は、いきおい外へ打って出ざるを得なくなり、たちまち戦況は大詰を迎えることになった。

五月七日――。

天王寺一帯を決戦地として、両軍は激突したわけだが……。

このときの真田幸村部隊の奮戦ぶりは、あまりにも有名であるから記述するにもおよぶまい。

魔神のごとき真田隊の突進に、家康の本陣はみだれたち、家康は手輿《てごし》にしがみついて逃げ出す始末となる。

旗本の中に、あわてふためいて三里も先へ逃げ去ったものもいたほどであった。

このとき、あくまでも家康の輿につきそって槍をふるい闘った滝川三九郎について、家康はのちに将軍・秀忠へ、

「三九郎がことを忘れるな」

と、もらしたほどだ。

このときの勇戦によって、滝川三九郎は身に七創《そう》をこうむったという。

六

戦後、徳川の天下はいよいよゆるぎないものとなったが、徳川家康は大坂戦争の翌年に七十五歳の生涯《しょうがい》を終えた。

家康亡きのちも、幕府の政治体制は譜代の老臣たちの運営によって、みごとにささえられ、二代、三代と徳川将軍も無事に交替してゆくわけだが、けれども大御所家康の死は諸大名にも種々の影響をおよぼすことになった。

真田家においても然《しか》りである。

いままでは、家康の信頼が強くかけられていたし、さらに本多忠勝（すでに死去）のようなたのもしい親類がいて、むずかしい時世の転移を乗りこえてきたのである。

家康が死ぬと、幕府の真田家への態度がきびしく変わった。

二代将軍・秀忠は謹直な人物であるが、大の〔真田ぎらい〕であった。

元和八年になると、家康が返してくれた亡父・昌幸の遺領・上田を領していた真田信幸を、

「信州・松代《まつしろ》へ転ずべし」

と、幕府の命が下った。

上田では九万石。それを十万石に増やしてやるから松代へ移れというのだが、実りもゆ

たかな上田の領地と、荒地の多い松代では事情がまったくちがう。十万石でも実質は七万石ほどの収穫しかないのだ。

しかも北国街道の要路にあたる上田から、真田を追い出そうという幕府の肚《はら》の中は明確なものであった。この三年前には、かつては豊臣恩顧の大名、福島正則が領国の広島から追われ、信州の山村へ押しこめられてしまい、諸大名の国替えが突発的におこなわれはじめ、幕府の統治は、にわかに峻烈《しゅんれつ》の相をおびてきはじめた。

滝川三九郎も、

「三九郎がことを忘るな」

とまでいってくれた家康が、居てくれるのと死んでしまったのとでは大分にちがってくる。

大坂戦争の後も、三九郎には恩賞の沙汰《さた》はなかった。

名代となった叔父の家だが、叔父の遺子の一乗も十五歳をこえると、

「三九郎殿にあずけておいた知行を返してもらいたい」

と、幕府へねがい出た。

幕府は、これをゆるした。

このときの幕府は、三九郎に好意をもっていない。

なぜかというと……。

あの大坂休戦の折、真田信吉の陣で、三九郎が幸村と親しく語り合ったことが将軍・秀忠の耳にきこえて、

「三九郎は幸村と意を通じていたのではないか……」

と、秀忠が、大老の土井利勝へ洩《も》らしたこともあるそうな。

しかも三九郎は、いまも尚《なお》、幸村の妹を妻にして仲むつまじい。

その上、三九郎は知行返上についても幕府へは何の運動もせぬ。

「返せと申すのなら返せばよい。そなたと二人きり、子もない夫婦ゆえ、浪人暮しをいたしても束の間は保《も》とうよ」

三九郎は、のびやかなものだ。

幕府も、さすがに全部返せとはいわなかった。

「七百五十石を返すように」

というのだ。

これで千石ずつに分け合い、叔父の二千石は二つの家に別れ、三九郎は独立した旗本になることを得た。

「首がつながった上に、もはや、うるさいこともなくなり何よりだ」

三九郎は、芝の備前町《びぜんちょう》へ屋敷をうつされた。いままでの市ガ谷のそれよりはずっと小さな屋敷である。現在の港区芝田村町一丁目のあたりになろう。

どうも、幕府は三九郎をこころよく思っていない。

「当然だ」

という説が多い。

「いかに何でも、三九郎がやり口は御公儀をはばかるところがない」

もっぱらの評判である。

これはなぜか……。

滝川三九郎は、大坂戦争の後、真田幸村のむすめ梅とあぐりの二女を引きとり、

「おれには子がない。梅もあぐりも、おれと妻の姪《めい》なのだから、これを養女にするはたやすいことだ」

といい、於妙が、

「それではあまりにも……」

しきりに遠慮をしたが、

「父母を失った縁類のむすめを引き取るのは当然である」

「なれど……御公儀に対し、はばかり多いことにござります。もしも、ごめいわくがかかりましては……」

「男子なればともかく女子ではないか。このようなことに神経《こころ》をとがらせるようでは、徳川の世も終りとなろう」

三九郎は平然として、二人のむすめを引きとり、養女にしてしまった。

幕府も、しぶしぶながら、この縁組をゆるしたが、むろん、こころよくゆるしたわけではない。

真田幸村は、村正《むらまさ》の刀が徳川家に祟《たた》るということをきき、わざわざ村正をわが佩刀《はいとう》にしていたという伝説があるほどの人物である。そのむすめを徳川の旗本が養女にしたのだ。

感動したのは、松代へうつされた真田信幸である。

信幸は戦国の武将から、みごと平時の政治家へ転身することが出来た殿さまの一人で、幕府の命をうけ、黙々として松代へうつり、この新しい領国の〔国づくり〕を懸命におこなっている。

「よくぞ仕《し》て下された」

信幸は重臣の鈴木忠重を滝川邸へ派して、ねんごろに礼をのべた。

しかし、幕府の鼻息ばかりうかがう武家の世の中にも、

「勇将の忘れがたみ、ぜひともわが妻に……」

と名のり出た者もいる。

伊達《だて》の臣、片倉小十郎である。

滝川三九郎は、それが当然だというような顔つきで、

「よろしゅうござる」

先《ま》ず、姉の梅を片倉小十郎へ稼《か》さしめた。

数年を経て……。

あぐりの聟《むこ》となったのは、伊予・松山の城主・松平忠知《まつだいらただとも》の重臣で、蒲生《がもう》源左衛門の一子・郷喜《さとよし》である。

「よくぞ、よくぞ……」

と、松代では真田信幸が感涙をうかべている。

幕府は苦《にが》い顔つきになったけれども、滝川三九郎の勤《つと》めには全くつけこむ隙《すき》がない。

寛永三年（一六二六）に、三代将軍・家光が上洛《じょうらく》したときも、三九郎は扈従《こじゅう》の列に加わった。

いまや三九郎も五十をこえた。

何と、五十をこえた三九郎が、四十をこえた妻の於妙に、はじめて子を生ませたものである。

しかも男子であった。

於妙は初産にもかかわらず、肥えた肉体からやすやすと子を生みおとした。

幼名を豊之助という。

「いろいろなことが束《つか》の間《ま》の一生には起こるものじゃな」

と、いささか滝川三九郎も憮然《ぶぜん》たる顔つきで、猿《さる》の子のような赤子《あかご》をながめた。

「はずかしゅうござります」

於妙は夜具の中へ顔を埋めた。

「なにも恥ずることはない。思うて見れば当然じゃ。五十をこえてもこのおれは、三夜と間をおかなんだものを……」

ぬけぬけと、三九郎はいう。

三日に一度は中年肥《ぶと》りの妻のからだを抱いて飽きなかった男なのである。

「なんだ、つまらぬ男ではないか」

という者もいるだろうが、いったい、どこがつまらぬのかといえば答えは出まい。

「おれ一代で、わが家はつぶしてしまえばよい」

と、常々いっていた滝川三九郎に立派な後つぎが出来たのだ。

この思いもかけぬよろこびの後には、また三九郎へ転変の宿命が待ちかまえていた。

七

寛永八年の春……。

滝川三九郎は、豊後《ぶんご》(大分県)にある幕府直領《じきりよう》を見まわる巡見使《じゆんけんし》として九州へ出張をした。

役目を終えて帰途についたのは、この年の秋に入ってからで、

「帰りみちゆえ、久しぶりにあぐりの女房ぶりを見てゆこうかな」

思いたち、海路四国へわたり、伊予・松山の城下へあらわれた。

松山の城主・松平忠知は蒲生秀行《ひでゆき》の次男に生まれ、家康にとって外孫にあたる関係から蒲生家をついだ兄とは別に家を興し、松平の家号をゆるされ、出羽・上の山から伊予・松山へ転封《てんぽう》したのである。

あぐりが嫁いだ蒲生家は、殿さまの姓をゆるされたほどの重臣であったから、

「よう、おこしなされた」

当主の蒲生源左衛門をはじめ、長男の郷喜（あぐりの夫）も、よろこんで滝川三九郎を迎えてくれた。

あぐりは、すでに男の子を二人も生んでいて幸福そうである。

「よかった、よかった……」

滝川三九郎は、二夜を蒲生家にすごし、歓待をうけ引きとめられもしたが、

「御役目をすましての帰途にござれば……」

といい、江戸へ戻った。

この間に三九郎はあぐりに対し、あぐりの実父である真田幸村のことは一言も口にせず、自分があぐりの実父そのままであるかのような態度ふるまいを見せ、その様子を見た蒲生家の人びとは感動したそうである。

この年は無事に暮れた。

ところが、翌寛永九年の夏もすぎようとするころになって、幕府が滝川三九郎を改易処《かいえきしょ》分《ぶん》にしたのである。

つまり、身分も知行も取りあげ、家屋敷まで没収してしまった。

幕府は、三九郎の罪状を二つあげている。

その一、三九郎は徳川家の御敵である故真田幸村のむすめを養育し、これを蒲生家へ嫁さしめたのは、徳川家をはばからぬ仕方であり、はなはだけしからん。

その二、三九郎は去年、豊後の国へ御役目をもって出張したにもかかわらず、伊予・松山へ寄港して、幸村のむすめの嫁ぎ先である蒲生家を訪問し、種々もてなしをうけたことは、まことに公私混同のふるまい。不謹慎《ふきんしん》きわまることである。

この罪状をきかされたとき、滝川三九郎は腹を抱えて笑いたくなった。

幕府から目付がやって来て、おもおもしく罪状をのべ、処分の申しわたしをおこなったわけだが、三九郎は一言も弁解をせず、

「お受けつかまつる」

と、こたえた。

あまりにも、ばかばかしくて怒る気にもなれない。怒るよりも先に、このように大人気ない幕府のあつかいを知っては、

(もはや、武士をやめても未練はない)

と、三九郎のほうから将軍や幕府を見捨ててしまったというべきであろう。

もしも天下をおさめる徳川幕府に対し、愛着と忠誠のこころを抱いていたなら、三九郎は死を決して、この処罰への抗議をおこなったにちがいない。

この年の秋に入って……。

滝川三九郎は、妻・於妙と六歳になる一子・豊之助をつれ、江戸を発して京都へ向った。

京の室町《むろまち》には、真田家の京都屋敷がある。

信州・松代にいる真田信幸は、

「三九郎殿に、いささかの不自由もさせてはならぬ」

すぐさま京都屋敷につとめていた鈴木右近忠重に命《めい》をつたえた。

京へ着いた滝川夫婦は、真田屋敷に迎えられ、二条・高倉のあたりに、ささやかながらも新築の邸宅を建ててもらい、下男下女五名をあたえられて引き移った。

こうした真田家のあつかいに対しても、

「さようでござるか。では遠慮なく御世話に相なりましょう」

と、滝川三九郎は淡々として、しかもたのしげに好意を受け入れる。

於妙にしても、兄・信幸がこのように夫を大切にしてくれることがうれしくて、これをまた、こころよく受け入れてくれた夫の態度にも、安堵《あんど》をした。

川に水のながれるがごとく環境にさからわず、しかも三九郎は一度も自己を捨てたことがない。

幕府も、三九郎に、むりやり罪を着せたことに忸怩《じくじ》たるおもいがあったらしい。

というのは、その動機からして、まことに大人気ないものだったからである。

あのとき、滝川三九郎が松山へ寄ったことを、さも事ありげに幕府に密告したやつどもがいるのだ。

この者は、蒲生源左衛門と同じ松平家の重臣で、福西吉左衛門、関十兵衛の二人である。

つまり、この場合も重臣間の勢力あらそいが原因になっている。蒲生源左衛門をおとし入れるために、福西、関の二家老が、

「滝川三九郎殿が、ひそかに蒲生家へ立ち寄り、二日二夜にわたって何やら密談にふけった模様にござる」

などと、幕府へ告口をしたのだ。

彼らのしたことも武士《おとこ》にあるまじき行為だが、これをとりあげた幕府も幕府である。

歳月が、平和に三九郎夫婦の上を通りすぎて行った。

京に住むようになってから、二十三年目の明暦元年（一六五五）五月二十六日の夕暮れに、滝川三九郎は八十歳の長寿をたもち、ゆうゆうとして生涯《しょうがい》を終えた。

死にのぞみ、三九郎が老妻の於妙に、こういった。

「束の間の一生にしては長すぎたようじゃが……いまや三九郎一積、天地の塵《ちり》となるぞよ」

於妙は、その後も長生きをし、寛文《かんぶん》六年（一六六六）五月十三日に八十四歳で、けむりのごとく世を去った。

この三年前に、幕府は三九郎の一子・豊之助を召し出し、禄《ろく》三百俵をあたえて家名を再興させたが、豊之助は、

「いまさら、どうも……」

あまり乗り気でもなかったようだ。

そのとき、於妙が、

「亡き父上は、来《きた》るべき運命《さだめ》にさからわぬお方であった。そなたが、いまここに召し出されても、そなたの心も身も変わるものではないゆえ、江戸表へ出て暮すのも、また、たのしみであろう。御公儀にさからってみても、つまらぬことではありませぬか。さからい甲斐《が》《い》のない相手ゆえな……」

「なるほど……して、母上は？」

「わたしは、京で一生を終りましょう」

「なるほど……」

豊之助は、母の意を察し、ふたたび江戸へ戻って幕臣の列へ入り、亡父の名をおそい、滝川三九郎一明《かずあき》となった。

彼の両親の墓は、京の、花園・妙心寺にある。

備前名弓伝

山本周五郎

山本《やまもと》 周五郎《しゅうごろう》（一九〇三〜一九六七）
明治三十六年、山梨県に生まれる。質屋の徒弟を経て、雑誌記者となった。大正十五年「文藝春秋」に「須磨寺附近」を発表。昭和十八年に「日本婦道記」が第十七回直木賞候補に推されるが、これを辞退。以後、すべての文学賞を退けた。代表作は『樅ノ木は残った』『虚空遍歴』『ながい坂』など多数。

一

備前の国岡山の藩士に、青地三之丞《あおじさんのじょう》という弓の達人がいた。食禄は三百石あまり、早く父母に死別したので、伯父にあたる青地三左衛門の後見で成長した。十九歳の時家督を相続、少年の頃から弓の巧者だったので、お弓組にあがって勤めていた。三之丞は幼少の頃からおっとりした性質で、怒ったという顔を見せたことがないし、かつて人と喧嘩《けんか》口論をした例《ためし》がない。おまけにひどく口数の少ない男で、つまらぬ世間ばなしなどにはいつも横を向いている。

「珍しい上天気、いい日和でござるな」「……されば」「いや、妙な雲が見える、降るかも知れぬが、どうであろう」「……されば」「ここで降られては鷹《たか》狩《が》りのお供が辛い、どうか二三日もたせたいものでござるな」「……されば」と云った調子である。さして大事な話でないものは、大抵これで片付ける。これをくどくやると、しまいには「されば」も云わずに黙ってしまう。それでも別に無愛想だとも云われずに、上役にも下役にも評判がよかったのは、生まれつきの人徳があったのに違いない。

これと面白い対照なのは伯父の三左衛門であった。三左衛門は、「雷三左《かみなりさんざ》どの」とあだ名がついていて、性急で早合点で、すこしもゆったりしたところがない。始終せかせかとかけ廻って怒鳴りちらしているという風だった。そういう性質だから、甥《おい》の三之丞の落着きはらった態度がひどく眼につく。

「若い者はもう少しはきはきとせぬか」顔を見ると小言である。「おまえのすることを見ていると背骨をかたつむりに這《は》われるような気持だ。こう、そのもっとてきぱきとできぬものか」

小言を云いながら独りで癇癪《かんしゃく》を起こしている。尤《もっと》も三左衛門になつという娘があって、これがよく三之丞の味方をしてくれた。なつは三之丞と四つ違いで、さして美人というのではないが、思遣《おもいや》りの深い利巧な娘だった。

ある年の春先、三左衛門は広縁に出て庭を見ていたが、ふと庭はずれにある梨の木の高い梢《こずえ》に一羽の鷺《さぎ》が翼を休めているのをみつけ、慌てて三之丞を呼んだ。

「お呼びでございますか」「あそこを見ろ、あの梨の梢に鷺がとまっておる。見えたであろうが」「はい」「あれをここから一矢で射止めてみろ」「それでどういたします」

「どうするものか、その方が弓の稽古をはじめて五年、どれほどの腕になったかまだ見たことがない、ちょうどさいわいだから心得のほどを見てやる。さあやれ、急がぬと逃げてしまう、なにを愚図愚図しておるか」云い出したら承知しない、急《せ》きたてられて三之丞はすぐ弓と矢を持ってきた。

藩の弓道師範に十三歳の時から就いて学び、まる五年稽古をしていた三之丞、上達したのかしないのか、てんで分らない。三左衛門がときどき師範に会って訊《き》くと、定《きま》ったように、

「みどころはござる」という返事ばかりだ。どうみどころがあるのかと押して訊けば、「弓の道にみどころがある」という、弓を稽古しているのだからその道にみどころがあるのは当然だ。人を馬鹿にした返事だと思って、あるとき自分でしばらく稽古場へ通って見ていると、三之丞の矢はすこしも的に当らない、幾ら射てもみんな的から外れてしまうので、堪り兼ねて三左衛門が、

「これは驚いた。あれだけ射て一本も的に当らないというのは情けない、とても見込みはあるまいから止《や》めさせましょう」

と云った。すると師範は、「いや、そう案ずることはござらん」と平気な顔で次のように云った。

「三之丞どのがこの道場へまいってから三年になる、ほかの者がめきめき腕をあげていくなかで、彼一人はすこしも進歩が表われない、ああやって幾ら矢を射てもすこしも的に当らない、しかし的に当らないのは当てようとしないからだと拙者は見ている。……拙者も未熟ながら師範の一人、門人たちの腕がどれほどのものか見ていればおよそ見当はつく、三之丞どのの構えを見るにほとんど天成弓の名手に生れついたと思われるほどだ。あのく

らいの矢頃なら百発百中は当然な筈なのに、かつてまだ一矢も的に当てていない。つまりそこだ、三之丞どのは的に射当てる修行をしているのではない、道の極意をさぐろうとしておるのだ。何年先にその道の奥を極めることができるか分らぬが、やがては無双の名人にならるることは間違いない、良い甥御を持たれてお羨《うらや》ましく存ずる」その道の師範の云うことだし、なるほどと思う節もあるので、その時は納得したものの、どうも「的に当てない弓の修行」というのがよく分らない、いつか本当の腕を試してやろうと思っていたのである。

弓と矢を持って戻ってきた三之丞、「五年来修行の腕のみせどころだぞ、ぬかるなよ」伯父が念を押すのをうしろに聞きながら、足場を計って弓を構えた。そこから庭はずれの梨の木までおよそ二十六七間、芽をふきはじめた高い梢に鷺はまだじっと翼を休めている。三之丞は弓に矢をつがえ、しばらく呼吸をしずめていたが、やがて位どりをしてきりきりとひき絞った。ひき絞った、と思うより疾《はや》く、ひょうっと切って放した矢一筋、空を飛んでふっつと梢に止まっていた鷺のちょうど脚の下へ突立った、鷺はおどろいてぱっと舞い上った、矢は梢に突立ったままぶるぶると震えている。

「未熟者、なんのざまだ」三左衛門はまっ赤になって怒った。「あればかりの矢頃でおまけに雀や鶯《うぐいす》と違い、鷺という大きな鳥を射損ずるなどとは呆《あき》れ果てた未熟者、五年のあいだその方はなんの稽古をしていたのか」「……はあ、まことに、なんとも」「まことにもくそもあるか、顔を見るのも癪に障る、これから追っていって今の鳥を射止めてまいれ、それまでは出入りを差止める、わかったか」とうとう癇癪を起こしてしまった。三之丞は別に恥じ入る様子もなく、黙って、自分の家へ帰ったが、その夜のこと、三左衛門が夕食のあとで居間に入ると、間もなく娘のなつがそっとやってきた。

「父上さまはどう思召《おぼしめ》すか存じませんが、三之丞さまは本当にお心のやさしいお気質でございますのね」いろいろと話のあった後で、なつがふと思い出したように云った。——はあ、昼間叱ったので、またなにか意見をするつもりだな。三左衛門は早くもそう察したが、「三之丞がどうかしたか」とそ知らぬ顔で訊いた。

「はい、去年の冬のはじめでございました、赤尾様や田沼さま、それから森脇の右門作さまなどが雁射《かりう》ちにお誘いにみえましたが、どうしても御一緒にいらっしゃいません」「行かないでどうした」「どうして厭《いや》だと、右門作さまが押してお訊《たず》ねなさいましたら、猟師などが生業《なりわい》として獲《と》るなら是非もないが慰みのために生物の命をとることは生来嫌いだ、拙者は御免を蒙《こうむ》ると仰有《おつしや》いました」「右門作はなんと申した」「慰みとは聞き捨てならぬ、飛ぶ鳥を射止めるのも弓を学ぶ者には修行の一つではないか。右門作さまがそう云いますと、三之丞さまは笑って、……それは各々の好き好き、貴殿にはそれが修行になるのであろうが、拙者にはなんの役にも立たぬ。役に立たぬことで殺生するのは厭だから御免を蒙る、そう仰有ってでございました」

三左衛門は黙って腕を組んだ。――これは鷺を射落せと命じたのが誤っていたかも知れぬぞ。そう気がついたので、「なつ、おまえ三之丞の許《もと》へまいって、もう鷺を追い回すには及ばぬ、出入りも差支えないと申してやれ。……どうやらまたお前に云いくるめられたようだ」と苦笑いをしながら云った。なつが三之丞を庇《かば》うのは、いつもこういう風だったのである。

二

十九歳で家督相続をした三之丞は、師範の推挙でお弓組にあげられた。備前岡山三十五万石の領主池田光政《みつまさ》は、文武の道に精《くわ》しい古今の名君であったが、武芸のなかでは特に弓が好きで、城中居間の側に巻藁《まきわら》を備え、常に弓組の者に射させて絃音を聞くのを楽しみにしていたくらいだった。……したがって弓組にあがるのは名誉としてあったものだが、お役に就いた三之丞は別にぬきんでる様子もなく、ごくあたりまえに勤めていた。岡山在国のある年、旭川の畔《ほと》りへ鷹狩りに出た光政が、珍しいくらい大猟で、雁を馬につけるほど獲って帰城した、奥へ入ろうとしたときである、ふとうしろの方で、「今日の牛蒡《ごぼう》狩りはいかがでしたか」という声が聞こえた。ふりかえってみると鷹匠の側に見慣れない若侍がいる、「いまなにか申したのはその方か」光政は聞き咎《とが》めて声をかけた。「はっ、恐れながら私でございます」「なにか牛蒡狩りとか申したようだが、牛蒡狩りとはなんのことだ」「はっ、それはその……でございます」「分らぬ、もっとはっきりと申せ」「では仰せに従い申上げます。今日まで折々お上が鷹狩りをあそばしました時は、雁の吸物のおさがりがございます」「うん、余の申付けだ」「かたじけのう頂戴《ちょうだい》仕《つかまつ》りますが、吸物椀の中にあるのはいつも牛蒡と定《きま》っております。それで雁の吸物とは牛蒡の吸物のことで、お鷹狩りとは牛蒡狩りをあそばすことだと存じたものですから、今日も牛蒡狩りが沢山あったかと訊いた次第でございます」

はっきり云ってのけたから光政も驚いたがお側の者も肝を冷やした。お鷹野で獲物があると雁の吸物の御馳走が出るのは慣例なのだが、旗本側近の者だけでもたいへんな人数だから、雁の肉がその人数へゆきわたるわけがない、しぜん中には牛蒡だけ泳いでいるということになるのは当然で、今更そんなことをいうのは云う方がどうかしている。しかし光政はその若侍の顔をみつめていたがやがてしずかに頷《うなず》いて、

「そうか、それはこれまで気の毒であったな、幸い今日は獲物も多いことゆえ、まことの雁の吸物を遣わすぞ」そう云って去ろうとしたが、「その方、名はなんと申す」「恐れながら、青地三之丞と申し、お弓組に御奉公仕ります」「すると三左衛門の甥だな」「御意にございます」

光政は奥へ入るとすぐ係りの者を呼び、家来たちにさげる吸物椀へは、必ず雁の肉がゆきわたるようにと申付けた。光政も今まで全部の椀に雁がゆきわたるとは思っていなかっ

た。けれども三之丞の言葉を聞いてすぐ気付いたことは、——雁の吸物をさげると云う以上は、雁の吸物をさげるがよいので、ゆきわたらぬ物を名前だけそれにして、実は中身のないものをさげるのは間違いである。雁の吸物と云ってもまた牛蒡だろう、などという気持を起こさせることは、これを大きくすると、一つの藩の政治の信不信にも及ぼすことだ。こういう点であった。三之丞の顔つきは明らかにそういう意味を持っていたのである。これが三之丞の見出されるきっかけとなり、やがて「御秘蔵人」と呼ばれるほどのお気に入りになったのだが、この初めの一言で三之丞の心底を察するところに、光政の人柄の大きさと深さがあったのである。光政は生涯新太郎という幼な名で通した、池田新太郎少将光政、生れつき名君の質の高かった人であるが、ことに善かれ悪かれ、家臣の諫言《かんげん》は必ず聴き取る、それが国家を治める者のつとめだと信じていたのである。こういう気質だったから、三之丞の一言をもよく理解したのに違いない。しかしその時はそれだけで、いつか三之丞のことは忘れるともなく忘れていたのであった。それからしばらくたったある日、光政は居間で朝の書見をしていた。縁外では、弓組の者が例の通り巻藁に向って矢を射る快い絃音が聞えている、光政はそれを聞きながら書物に眼をさらしていたが、ふと小首を傾けて、

「……はて、あの絃音は聞き取れぬが」と呟《つぶや》いた。そこへ来て弓を引くのは、弓組の中でも腕の立つ者二十人を選んである、毎日欠かさず聞いているので、音だけ聞けば大抵は誰

だか分る、弓絃の音などそう変るものではなさそうだが、引く者の気質に依って実に変化のあるものだという、強情な者、弱気な者、性急、邪心それぞれその道の者が聞けば絃音によく表われるものだそうである。……光政が小首を傾けたのは、いま聞く絃音がそれまで聞いたことのないものであり、殊にその響きの深さ、美しさに驚かされた。

「はて何者であろう」としずかに広縁に出て見た。広前で弓を射ているのは青地三之丞だった。――見たことのある若者だな。としばらく見守っていたがようやく思いだしたので、
あああの雁の吸物かと苦笑をもらしながら、「これ三之丞」と声をかけた。三之丞はしずかに弓を控え、そこに膝《ひざ》をついて平伏した。

「その方はここで初めて見るように思うが、いつから庭へまいっておるか」「はっ、恐れながら今日初めてにございます」「弓はよほど稽古をしておるな?」「さればにございます」

さればと云うのだから、あとに言葉が続くかと思っていると、幾ら待ってもそれっきりなんとも云わない。

「誰に就いて学んだか」「はっ、御師範山川重郎左衛門《じゆうろうざえもん》どのに、御教授を受けましてございます」「よほどまいるな?」「はっ、……さればにございます」また「されば」である。

「さればと申すのはよほど達者ということか、それともさほどでもなしということか、どうだ」「はっ」三之丞はしずかに頭をあげたが、「さればにござります」と同じことを繰返したたけであった。

そのとき光政の胸にはっきりと三之丞のことが刻みつけられたが、それでもまだ三之丞の弓術がどれほどのものか光政は見ていなかった。的場で射術御覧の時でも、至極平凡な成績で可もなし不可もなしという程度である。しかしそう見ているうちにやがて、三之丞の真骨頂を顕《あら》わす時が来た。

三

承応二年四月光政四十三歳のときであった。安芸の国広島、四十二万石の大守浅野左少将光晟《みつあきら》が、参覲《さんきん》の途上、岡山城に立ち寄って光政を訊ねた。二人は年もほぼ同じくらいでよく話の合う間柄だった。江戸城中でも親しかったし、参覲の上り下りには必ず二三日滞在するのが例である。対面の挨拶が済むと間もなく、安芸守光晟が膝をすすめて、「このたびはいささか変わった土産物を持ってまいったが、お受けくださろうか」「毎々お心尽しでかたじけない、安芸侯が珍しい物と云われるからはさぞ珍重であろう、よろこんで頂戴いたす」「但しお受取りくださるうえはこちらにも所望がござる、しかしそれは御覧にいれてのうえで」そう云いながら、家来に命じて、庭前へ六尺四方もありそうな四角い箱のような物を運び込ませた。「あれじゃ」「ほう、またひどく嵩高《かさだか》な物だが、何でござろうか」「蔽《おお》いをとれ」はっと答えて家来の一人が被《かぶ》せてある蔽い布をとった。現れたのは鉄格子を嵌《は》めた大きな檻《おり》で、なにか中に動物が一疋《ぴき》いる。

「毛物のようじゃな」「されば、国許の天上山と申す深山で獲った狼《おおかみ》でござる。頭から尾の尖《さき》まで五尺九寸、重さ十三貫目あまり、これまで多年のあいだ領内を荒し廻り、牛馬を喰うこと数知れず、人間も十三人までかれの牙《きば》にかかっておる、稀代《きたい》の兇獣《きょうじゅう》でござる」「ほう、ではこれが土産にくださるという品か」「いかにも」「して御所望と云わるるのは？」「備前侯は弓に御堪能、かねがね御家中の自慢話を伺っておるゆえ、この狼を馬場に放ち、犬追い物を見せて戴きたいと存ずる」聞いて光政は膝を打った。「これは面白い、さすがは安芸侯よきことを思いつかれた、早速支度をさせて試みましょう」「では明日拝見にまいるから」

とその日は光晟は宿所へ帰った。光政はすぐ老臣に命じ、城中の小馬場に支度をさせた。なにしろ兇猛な人喰い狼を放つのだから外れたら大変である。馬場の中央に丸く竹矢来を結び、射手は馬でその周囲を廻れるように厳重に拵《こしら》えた。……その一方、誰を射手に選ぼうかといろいろ相談をした結果、森脇右門作、赤川平五郎、要《かなめ》七之助の三人を射手と定め、それぞれその旨を達した。さてその翌日。支度がととのったからという使者を受けて城へ登った安芸守光晟は、光政と共に設けの桟敷へあがって席に就いた。……幕張の左右には両家の老臣はじめ、目見得以上の家臣が犇々《ほんぽん》と並んでいる。狼はすでに結び矢来の中に放されていたが、不安な様子で、背筋の毛を逆立て、牙を剝《む》きだしながら、矢来の中央に四足を張って立っていた。

やがて合図の太鼓が鼕々《とうとう》となった。第一番に出てきたのは赤川平五郎である。麻裃《かみしも》で弓を持ち、矢壺に作法通りに矢を二本入れ、馬を馬場へ乗入れてきたが、正面桟敷に向って一礼すると、肩衣《かたぎぬ》の右をはね、馬首をめぐらして矢来の外を一巡乗り廻した。一の矢をつがえ、二の矢、つまり命矢というのを弓に則《そ》えて持ち、馬を駈りながら見やると、狼は結び矢来の中央に四足を張って立ったまま動かない、しかし何十回となく猟師に追われ、矢弾丸の危険を飽きるほど経験しているから、いま馬上に弓を構えた男が自分を狙っているのだということは感づいている。……背をすこし跼《かが》め怒り毛を逆立て、耳をぴたりと伏せて低く唸《うな》りながら油断なく平五郎の動作を見守っていた。狼がじっとして動かないから、平五郎は今のうちにと思い、ぱっと馬にもろかくを当てる、たたたたたっ結び矢来に沿って驀地《まっしぐら》に近づきながら、つと馬上に伸び上り、狙い定めてふっと一の矢を射て放った。矢は一文字に飛んで狼の頸《くび》の根元へぴゅっ、射止めたかと見た刹那《せつな》、狼はひょいと体を捻《ひね》って、とととととと、四五間走って立ち停る、矢は地面を向いて、土埃《つちぼこり》をあげながら遠く外れてしまった。

「しまった」と取り直す二の矢、矢来に沿って左へ半廻り、またしても狼が立ったまま動かないのを、充分に狙ってふっつと射た。今度はずっと矢頃が近い、乗っかけるように切って放したのだが、危《あわ》や！　というとたんに狼はひらりと身をかわした。矢は凄《すさ》まじく地へ突立ち、狼は平然と向うへ行って立っている。狡猾《こうかつ》というべきかふてぶてしいと云うべきか、見ていても震えのくるほど憎態な恰好だった。

第二番目は要七之助、これも一の矢、二の矢とも射損じた。第三番目に出た森脇右門作、これは新参お召抱えになった同苗《どうみょう》三右衛門の子で、弓組では筆頭を射ている男だった。……さすがに気合が違うとみえ、いま迄ふてぶてしく構えていた狼が右門作が現われると様子が変り、ちらちらと横目で見ながら結び矢来の中をあちらこちらと走りはじめた。右門作は二回ほど馬場の廻りをだくでうたせたが、やがて一の矢をつがえると、ぱっと馬腹を蹴《け》った。……狼はその気配に驚かされて左へ向きを変える、刹那、

「えいっ」掛け声と共に射て放つ第一矢、ぴゅっと鼻先をかすめたから、狼がびっくりしてぱっと跳び退く、そこをすかさず、早くも二の矢、狙い充分に射かけた。第一で不意を衝き、びっくりして跳び退くところへ浴びせかけた二の矢だ、目にもとまらぬ早業でみんな、

「やったぞ」と乗り出したが、狼はぱっと横っ跳びに、十二三尺右手へ跳び退いて立ち、矢は地面をかすってからからと遠く外れてしまった。「……無念！」右門作は馬上で思わず呻《うな》ったが、もう一度願うという訳にもゆかず、ひっそりと鳴りをひそめている見物の中を悄然《しょうぜん》と退《さが》っていった。

「いや面白いみものであった」安芸守はにやにやしながら、「三人とも腕前はみごとでござるな、しかしなにしろ稀代の兇獣ゆえ、ひと通りではまいらぬのが当然、いや、無理もな

いところであろうよ」いつも弓の自慢をされてくさっていた光晟、このときとばかり皮肉を云った。光政としても日頃吹聴しているてまえ、そのまま引込んでいるわけにはいかない。

「なになに、いまの三名は馳走披露で、まことの射手はこれからでござる。これ重郎左を呼べ」弓術師範の山川重郎左衛門を呼んで、

「重郎左、あの狼を仕止める射手、申付けてあるであろうな」「……はっ」申付けた者は三人ともしくじっている、重郎左衛門が解し兼ねて見上げる眼へ、光政はしきりにめくばせをしながら、「まことの射手は誰だ、何者だ」「はっ、それは」主君のめくばせで、もう一人誰か出せという意味を察したから、

「恐れながら青地三之丞と存じまするが、如何《いかが》思召しましょうや」「青地……三之丞か」「御意にございます」光政はちょっと呻った。

「大切の場合じゃ、三之丞のほかに誰ぞないか、横川はどうじゃ」「恐れながら三之丞然るべしと存じまする」重ねてそう云われた光政は、日頃三之丞の腕前を知っているから不安ではあったが、「ではすぐ呼び出せ」と命じた。

席を捜したが三之丞がいない。すぐに詰所を見にやると、非番に当っているというので先刻もう下城したという、慌てて使番《つかいばん》が馬を飛ばして迎えにいった。三之丞は出てきたが急の迎えと聞いて訝《いぶか》しそうに、

「今日は非番の筈だが、なにか御急用でもございますか」「なにかではない、安芸侯持参の狼、犬追い物で仕止めるということは御承知であろう」「ああのお慰みが、どうしました、誰が射止めましたか」「射止めておれば迎えにはまいらん、赤川、要、森脇三人が三人とも仕損じてお上は面目を失っておいでなさる、貴公に四番を射よという仰せだからすぐ登城されい」「拙者《せっしゃ》に、……あの狼を拙者に、……」三之丞はにやりと笑った。「それは折角ながら御免を蒙りましょう、いや拙者は御辞退申す、お上へはかようにお伝えねがいたい。三之丞はお座興、慰みのために弓道を学びはいたしませぬと」「青地、貴公それは本心か」使番が吃驚《びっくり》して眼を剝いた。そこへ伯父の三左衛門が、お城から追っかけて馬を乗りつけてきた。

青地三左衛門が使番のあとから追っかけ催促にきたのには訳がある。馬場の見物席にもいず、詰所にもいず、今日は非番だからと云って下城したという知らせを聞いた光政は、三之丞が今日の催しを苦々しく思っているということに気付いた。それで三左衛門を呼び、「今日の犬追い物は当藩弓道の名誉を見せるもので、その成敗は池田家の面目にも拘《かか》わるものだからすぐに出仕せよ」という口上を伝えさせたのである。

「そう重ねて上が仰せられるのではなるほど辞退はかないますまい、畏《かしこ》まりました、謹んで参上仕ります」と、今度はあっさり承知した。

馬場の桟敷では光政が安芸守の相手をしながら苛々《いらいら》していた。三之丞が云うだろう理窟《りくつ》はもうおよそ察しているから、わざと念を入れて三左衛門をやったのだが、果して来るかどうかと思うと落着きがない。

「重郎左、ほかに誰かおらぬか」何度もそう訊くが、「三之丞のほかにはござりませぬ」と重郎左衛門の返辞は同じだった。ではもう一人使をやれと、命じているところへようやくさきの使番が戻ってきた。すぐ登城するというので光政はほっと息をついた。

「ではどうやら馬場の埃もしずまったようだから、四番を射させて御覧に入れましょうかな」と、いかにもそれまで休憩していたような口吻《くちぶり》である。馬場の埃といったって、さっきの埃は、もう十里も先へ飛んでいる頃だ。誰か呼びにやっているということは光晟も察していたが、礼儀だからこそ知らぬ顔で、

「さよう、では御自慢の弓勢を拝見いたそう」と坐り直した。

やがて待ち兼ねていた太鼓が鼕々と鳴り響く、馬上手綱を絞って三之丞が出てきた。馬場を半分廻って桟敷の正面へ拝礼して裃の肩衣をはねると、しずかに馬首をかえしたが、そのとき安芸守がふと光政に振返った。

「あの者は命矢を持っておらぬようじゃな」「……いかにも」そう云われて光政も気がついた、三之丞は弓に則えて一筋の矢を持っているだけである、矢壺は空で命矢という二の矢がない。忘れたのか、と思うと気が気ではなかった。三之丞は気づいているのかいないのか、馬にだくを踏ませて結び矢来へ近づいたが、いきなり、

「え——い！」

と裂帛《れっぱく》の気合をかけた。不意を喰って見物も驚いたが、狼もよほど吃驚したらしい、また来たかという眼付をしていたが急にぴっと耳を立てる、とっとっとっと、矢来の中を走りはじめた。

三之丞は外側をだくでうたせながら、じっと狼の眼をみつめている。狼は三之丞の方を時々するどく睨《にら》みながら、反対の端を走っているが、その全身の動きは頗《すこぶ》る軽く、すっすっとまるで四足が地を踏んでいるとは思えないほどであるが……三之丞は眼も放さず狼をみつめながら、ほとんど同じ速度で矢来の外を廻ること二周、三周。なかなか弓を取ろうとしない。

——なにを考えているんだ。——狼と馬競べをする気かも知れん。——なあに、ああしているといまに狼が疲れて寝てしまうだろう、そこを射止めようというのが秘術で、つまりこれを青地流で眠り取り術と名付けるものさ。

見物席ではそろそろ悪評がはじまった。馬場を五周まで、狼の身ごなし、駈ける速度の変化を篤と見定めた三之丞は、やがてもう一度、

「え——い！」

絶叫したかと思うと、もろかくを入れてぱっと疾駆しはじめた。今までほとんど同じ速さで駈けっこをしていたのが、急に気合をかけて疾駆しはじめたので、狼もぱっと脚を速

めた。結び矢来の内と外、向うの端を風のように走っている狼、三之丞は馬上にはじめて弓を取り直し、矢をつがえた。

狼は走る、馬も走る、そのまま馬場を一周すると、馬と狼の速度がぴたりと合った、両方とも疾駆だ、三之丞の待っていたのはその刹那である。狼が如何《いか》に身軽であっても、疾駆している体勢では神速に体を躱《かわ》すことはできない。ここだと思って馬上に伸びあがる、きりきりと弓をひき絞って、一つ、二つ、三つ、呼吸三つほど気合をはかったとみると、ひょうふっつと切って放った。

「それやった――！」

と乗り出す目前。空を截《き》って飛んだ矢はあやまたず、疾走している狼の喉元《のどもと》をぷつりと射抜いた。

――ぎゃぎゃぎゃん！

すさまじい悲鳴と共に、さすがの兇獣も横ざまに顚倒《てんとう》する、すぐ跳び起きて、首を振りながら二度三度、土埃をあげて転げ廻ったが、やがてぐたりと地面へ倒れ伏した。

「やった、やった、やった」「わあーっ」見物の人々は思わず総立ち、手を拍《う》ち膝を叩いてしばらくは鳴りもやまない。三之丞は別にさしたることもないという顔付きで、静かに肩衣をかけ、桟敷正面へ馬をすすめて拝礼すると、馬場を周って退いた。

「いかがでござる」光政は得意満面である。

「すさまじきみもの、まことに古今稀《まれ》なるみものであった」安芸守も心から感服して、「あれだけの狼をただ一矢で仕止めるというは並々ならぬ名手、しかも命矢を持たなかった自信のほども驚き入る。盃《さかずき》を遣わしたいがお呼びくださらぬか」「では席を替えて一盞《さん》仕ろう」それから御殿へ移って酒宴が開かれ、三之丞は御前に召されて、安芸守から賞美された上、引出物を賜わり、まことに上々の首尾で下城した。

光政の感動は大きかった。日頃の様子は平々凡々のごくあたりまえな勤めぶりだし、それだけの腕があるなどということは気ぶりにも示さず、競べ矢をすればいつも中どころを射て知らん顔をしている。……こういう事にぶつからなければ生涯そのまま人に知られずに終ってしまうかも知れないのだ。しかも平然とおのれの真価を隠している心の堅固さ、大丈夫とはこういう人物を云うのであろうと、光政はあらためて三之丞を奥ゆかしい者に思い直した。

四

しかしそれよりも喜んだのは三左衛門である。愚図だの煮え切らぬのと怒鳴りつけてばかりいた三之丞が、岡山一藩の名誉を賭《か》けて、しかも立派に役目を果したのだから、驚きも大きかったし喜びも一倍だった。……同役たちもしきりに喜びを述べる。

「よき甥御を持たれてお仕合せでござるな」「三之丞どのなくば殿の御面目も潰《つぶ》れるとこ

ろ、家中われらまで他藩からわらわれなければならぬ、お蔭《かげ》で肩身が広うござる」「さすがは三左どののお仕込みだけあって、あれだけの腕を今日までおくびにも出さなかったところは奥ゆかしゅうござるな」

あっちでもこっちでも褒められる、根が明けっぴろげな老人だから、自分でも嬉しさを隠すのに骨が折れる。

「そう褒められては御挨拶に困る。あれに就いては拙者もかねがね見どころのある奴とは思っておったが。や、なにしろまだ若輩でな。まだまだ御奉公はこれからでござるよ」などと云っていたが、日を定めて心祝いをするからと、昵懇《じっこん》の者を数人、招待する約束をして下城した。

さてその当日。三左衛門の家へ招かれてきたのは、老臣山内権左衛門《ごんざえもん》、伊木長門《いきながと》、それから宮田兵庫、粕谷市郎兵衛《かすやいちろうべえ》、富永治左衛門、若手では碇田彦八郎《いかりだひこはちろう》、桜井孫三郎、滝川幸之進《こうのしん》、以上八名である。……伊木長門というのは気骨のある人物で、あるとき光政の意に触れることがあって閉門を命ぜられた。ところが間もなく光政は参観のため江戸へ出立することになり、その日が来ると、長門は急に月代《さかやき》を剃《そ》り衣服を更《か》え、門を開いて外へ出た。閉門中に許しもなく門を開いて出るなどは法を破る大罪で、――これは乱心をなすったに違いない。――今のうちに中へお入れ申せ。と家来たちは大騒ぎになった。そこへ早くも光政参覲の行列が来かかると、中から光政が、

「長門、長門」と声をかけた。お声が掛かったから、さあみつかったとみんな顔を見合せながら行列は停る。長門は平伏して待っていたがするすると駕《かご》の間近へ進んで両手をおろし、しずかに主君を仰ぎ見ながら、

「今日は天気も格別よろしく、恐れながら長門、恐悦を申上げまする。御留守の儀は、例の如く家中、いずれも申合せ万々大切に相勤めまする故、すこしもお心遣いなく。御旅中万福をお祈り申上げまする」よどみもなく言上した。光政もうなずいて、

「留守の事、頼むぞ」と云い、しずかに笑って乗物をあげさせた。両方とも閉門の事には一言も触れないので、お側の者たちは狐につままれたような顔をしていた。このときの事を光政が後に説明して「国の老職たる者が、いかに閉門を命ぜられているからとて、領主が他国へ旅立つのに閉門のまま送りに出ぬようではなんの役にも立たぬ。……あの折も、長門がもし出ていなかったらそのままには差しおかぬところだった」そう云ったと伝えている。

伊木長門はそういう人物である。また若手の滝川幸之進というのは、光政が数年まえ二百石で召抱えた新参者で、年は二十八歳、一刀流の剣では達人の腕を持っているという、癇の強そうな、ひと癖ある面魂。腕は出来るだろうが少なからず高慢なので、あまり人によろこばれない、しかし一風変っている三左衛門は惚《ほ》れ込んでいる様子で、頼まれもしないのに引廻し役を買って出ている。今日も伊木、山内の二老臣が来るので特に招いたもの

であった。客はすっかり集まった。

やがて酒が廻りだすと、次第に話題が活潑になってくる。自然例の犬追い物の話が中心だ、赤川、森脇、要の失敗から、ただ一矢で射止めた三之丞の妙技を賞讃する言葉が次から次へと止め度もなく出てくる。ところが、席には陪《はべ》っていても当の三之丞は酒が一滴も呑めない、さっきから芋の煮付を頬張り頬張り、誰の話かしらんという顔で黙っておる。

そのうちに滝川幸之進が膝を乗出した。

「なるほど、一昨日の弓は稀なお手柄御妙技のほど拙者も感服仕ったが、青地氏にひとつお訊ね申したいことがござる」「……はあ」「あの折青地氏には矢を一筋だけ持たれ、命矢はお持ちなさらなかったと存ずるが、見違えでござろうか」「……されば」「たしかにお持ちなさったは一筋、命矢は御所持なされなかったでござろうな」「……さればでござる」むしゃむしゃ芋の煮付を喰べるばかりで、幸之進の方には眼もくれない。

「ではお伺い申す。拙者格別その道の心得はないが、弓を射るには必ず、命矢と申して二の矢を控えて持つのが作法と聞き及ぶ。それを、わざと一の矢のみ持って出られたのは、なにか心得があってなされたことか、どうでござる」「……されば」三之丞はごくりと芋を呑み眼もあげずに答えた。「一矢で射止めることができると存じたゆえ、一矢だけ持って出たのでござる」「さもござろう」幸之進はにっと笑った。

「拙者もそうあろうとお察し申した。なれども青地氏、例え一矢で射止められるにもせよ命矢を控えて持つのが弓の作法ではござるまいか、一矢で射止められるからとてわざと命矢を持たぬのは、申せば高慢とも云うべく、弓の作法にはかなわぬと存ずるが如何でござる」自分に高慢の癖があるから、人の高慢はよけい眼につくらしい。それをも知らずみんなの褒めているのが癪に障るし、また老職が二人もいるから、自分を認めてもらうにはいい折とばかりに突っ込んだ。……ところが三之丞は返辞もせずに芋を喰っている。——なんとでも云え、と云わんばかりの態度だ。側にいる三左衛門がじりじりしてきて、

「これ三之丞、滝川氏の申されること道理とは思わぬか、返辞をせい、返辞を」「はっ、……ただ今」ごくっと音をさせて、鉢盛りの芋をきれいに食べおわった三之丞はじめて幸之進の顔を見て、

「伯父上のお言葉ゆえ、くどうはござるがもういちどお返辞を仕る。一矢で射止めることができるのに、なんのために二の矢を持つ必要がござろうか。弓道の作法とは命矢を持つにあるのではなく、一矢で射止めるところにあるのでござる。……なつどの、この芋は馬鹿にうまい、お代りを頼みます」

「しかしもし万一射損じたらどうなさる」「いや！」三之丞は鉢をなつに渡しながら、「万一にも射損ずるようでは、五の矢、十の矢を持つとも無駄でござろう」

「狼を相手にはさようには申されようが、もし相手に拙者が廻ったとしたらどうなさる、それでも一矢でお射止めなさるかどうだ」「……されば」「拙者も一刀流の剣法にはいささ

か心得がござる、貴殿の矢面に立って、一の矢を斬って落とした場合、二の矢なくして如何なさる。それともやはり命矢は持たぬと云われるか」「……されば」三之丞はにやっと笑いながら、

「やはり一矢で御相手をいたしますな」「なに一矢。それでは貴殿の一矢を、拙者に斬って落とすことができぬと申すのだな」「……されば」「面白い、これは面白いぞ」幸之進は蒼《あお》くなった。とても面白いなどという顔付ではない。額へ青筋を立て、拳《こぶし》を突き立てながら、「拙者は一刀流の剣を以《もっ》てお召し出しにあずかった者だ、貴殿の一矢を斬って払えぬと云われてはお上へ申訳が相立たぬ、ぜひとも実地に勝負を仕ろう」「まあ待たれい滝川氏」「いや、お止めだて御無用、武道の意地でござる、御止めだて御無用」「ではあろうが酒席の口論、まずここはさように荒立てんで」左右から止めにかかると、上座に黙って聴いていた伊木長門が、「ええなにを止めるのだ」と、一同を逆に制した。

五

その日はそれで別れた。翌日滝川幸之進から日と場所を定めてきた。日は三日後、場所は城外鉄砲的場、刻限は朝十時ということである。……評判の長門がやれやれとけしかけたのだから、今更仲裁をすることもできないが、誰か止めたらよさそうなものだがと案じている。尤《もっと》もそんな心配をする者ばかりはいなかった。多くの者は犬追い物で三之丞の腕

を高く買っているから、――なに、滝川如きなにほどの事があろうぞ――青地の弓は天下無双だ、きっと勝つからまあ見ていろ。そういう者の方が多数をしめていた。

いよいよその当日になった。鉄砲的場は城の東南、旭川を渡った珈瑜山《かゆざん》の裾にあり、三方を松林でかこまれた淋しい場所である。滝川幸之進は定刻よりも早く、桜井孫三郎と碇田彦八郎を介添えとして到着した。伊木長門はみえなかったが、山内権左衛門、宮田兵庫、富永治左衛門、粕谷市郎兵衛の四人は約束通り検分役として来た。……三之丞も伯父三左衛門にともなわれて定刻に現われた。

幸之進は綸子《りんず》の着物に大口袴《ばかま》、武者鉢巻をしてたすきをかけ、下に鎖帷子《くさりかたびら》を着たものものしい姿であったが、三之丞は木綿の着物に葛布《くずふ》の短袴《みじかばかま》、わら草履という無雑作な恰好だから、おそろしく対照が奇妙であった。

果合いではないから、別に意趣を名乗ることもない、粕谷市郎兵衛が進み出て、

「では一応勝負の作法を申しのべる。間合いは並足三十一歩。青地どのの射る矢は一筋、これを払い落とせば滝川どのの勝だ……もとより武道の試合であれば、勝敗に関《かか》わらず後口に遺根を含まぬこと、立会いの者一同証人でござる」と云い渡した。

検分の人々は北側へ並ぶ、二人は三十一歩の間隔で相対した。三之丞はおのれの位置につくと、おもむろに右肌を脱ぎ三ところ籐《とう》の弓をとって矢をつがえながら見やった。幸之進は大剣のさやを払って青眼、右足をすこし進めて構えている。呼吸五つあまり。

「いざ！」幸之進がさけんだ。三之丞は無言のまましばらく相手を見守っていたが、さっと弓をあげるや、きりきりと大きく引きしぼった。

とみる刹那、絃がなって、光のように飛ぶ矢。

「えいっ！」幸之進の口をほとばしる絶叫と共に、大剣がきらりと直線を描く、飛び来った矢は、みごとに半ばから斬り折られて右へ落ちた。

「おみごと！」桜井と碇田の二人が同時に喚き、ばらばらと幸之進の側へ馳《か》け寄っていく。

「滝川どの、勝！」山内権左衛門が扇子をあげて云った。三之丞はしずかに弓の絃を外し、検分の人々の方へ近寄ってきながら、

「未熟な技を御覧に入れてお恥ずかしゅうござる」と叮嚀《ていねい》に会釈をした。そこへ幸之進もやってきた。

「青地氏、やはり狼と人間とは違うようだな」「まことに、滝川どの、御手練おみごとでござる。失礼仕った」「お分りあってなにより、これからは命矢の御用意をお忘れにならぬよう。世間は広く、人間はさまざまでござるからな」「まことに……まことに」三之丞は如何にも尤もというように低頭し、人々に挨拶して立去っていった。いや、三左衛門の怒ったこと、

「なんたる態じゃ、三之丞」と、あとを追いながらしきりと喚きたてた。

三之丞が自分の屋敷へ帰ってみると、玄関へ出迎えたのは意外にも伯父の娘なつであっ

た。試合の様子を心配してきたのであろう。式台におりて手をつきながら、気遣わしそうに三之丞を見上げた。

「お帰りあそばせ」「ああいま帰った。どうしたんだ」「御首尾は如何でございました」「負けだ」三之丞は弓をなつに渡しながら、あっさり笑って云った。「負けだよ」

そして、そのまま奥へあがった。なつは受取った弓を持ってあとを追おうとしながら、ふとその弓に眼をつけてあっと云うと、つくづくとうち返し眺めていたが、なにか合点するところがあったとみえ、そっと微笑しながら三之丞のあとをしずかに追った。弓を家来に渡して居間へはいってから、なつは静かに訊《き》いた。

「三之丞さま、御勝負の様子をお聞かせくださいませぬか」「おまえに試合の模様を話してもしようがない、女はそんなことに気を使う必要はないよ、それより伯父上がひどく御立腹だ。またひとつおまえの執成《とりな》しを頼むぞ」「御勝負の様子を聞かして頂けないのでしたら、わたくしもお執成しはいたしませぬ」「それならそれでもいいさ」と、あっさりしたものである。

六

明くる日、登城をすると、もう昨日の勝負のことがすっかり伝わっているとみえて、会う人毎に問いかけられる。

「滝川どのに負けたそうだな」「さぞ無念でござろう」「勝負に無理があったのではないか、それとも勝を譲られたのか」「馬鹿なことを」なにを云われても「されば」で片付けていたが、その日の午《ひる》さがり。

「青地どの、お上が召します」と小姓が知らせてきた。「はっ、参上仕る」「お庭でございます、御案内仕ります」

小姓が先に立って廊下を奥へ、杉戸口から庭へ下りる。泉水を廻って築山のうしろへ出ると光政専用の的場がある。そこに床几《しょうぎ》を置いて光政が掛けていた。側には小姓二名、弓と矢壺を捧《ささ》げて控えている。

「お召しにより三之丞、参上仕りました」「近うまいれ」「はっ」「弓の相手を申付ける。これ、その方どもは退《さが》ってよいぞ」

小姓を下げて三之丞とただ二人。光政は弓を執って立った。三之丞は矢壺の側へすすみ寄って矢を捧げる。——的は草鹿《くさじし》というもので鹿の首の形に檜板《ひのきいた》をけずり表に牛の皮を張る。皮と裏板との間には綿が縫い込んである。また皮の表には径《さしわた》し四寸の的を書き、そのほかのところに大小の星を二十三、栗色の地に白く塗り出すのが作法だ。——これは懸け枠《わく》といって、的串《まとぐし》を左右に立て、蟬《せみ》の緒という二重に縒《よ》った綿紐《わたひも》で吊《つ》っておくのである。

矢頃は十三丈というのが古法だった。光政の第一矢は、四寸の的に外れた。

「三之丞、この弓を申付ける」「はっ、さようなれば、恐れながら弓を持参仕りまする」「許す、余の弓をもって射よ」弓を渡されたので、押戴《おしいただ》いて受取り、矢を取って立上った。

光政の弓は五人張りと云われている。だいたい光政という人は非常な力持ちであった。三之丞は二人張りが限度で、あまり強いものは用いていないから、その強弓をこなせるかどうかも疑問であった。――どうするか。光政がじっと見ていると、ややしばらく的を睨んでいた三之丞、やがてしずかに矢をつがえ弓をあげた。身構えも尋常、呼吸をはかってきりきりきり、微《かす》かに巻き籐をきしませながら満月の如く引き絞った。すこしも、力に余る強弓を引くように見えない。ごくしぜんに充分引き絞ると、ふっと射て放った。びゅっ、電光のように飛んでいった矢は、四寸の的のまん中に当って戞《かつ》! みごとに矢竹半ばまで射抜いてしまった。

的は吊ってあるものだし、檜板を牛の皮で包み、中に綿を縫い込んであるのだから、大抵の強弓で射ても射抜くなどということはないものだ。光政は思わず膝を打って、

「あっぱれ」と褒めた。「みごとだ、これへまいれ」三之丞は御前へ片手をついた。

「その弓は五人張りで、余にもいささか強いと思われるのに、いまみると無雑作に引いたようだがその方には強くはないのか」「恐れながら、わたくしにはいささか強過ぎるかと存じます」

「それをどうしてあのように楽々と引けたのか、なにか強弓を引く秘伝でもあるか」「……されぱでござります」

これが出るといつも返辞をはぐらかされる、光政はもう慣れているからその手は喰わない。たたみかけて、

「ごまかしてはならぬ、強弓を引く秘伝があらば申せ、どうだ」「はっ、重ねての仰せゆえ申上げまする。およそ武術は戦場御馬前のお役に立つため修行を仕《つかまつ》ります。弓にいたしましても泰平の稽古にはおのれの腕相応の道具を使えまするが、戦場に於《おい》て持ち馴れた弓が折れたとき、即座におのれの力に合う弓を捜している暇はございません。ありあう弓の強弱を問わず、即座に執って役に立てることができてこそ、大切の御奉公がなるものでござりましょう。わたくしは非力でございますから常にこの心懸けで稽古をしておりました。このほかに秘伝と申すようなものはございません」

光政は黙って聞いていたが、「そうか、よく分ったぞ」と頷いて云った。

「その一言は達人の心得だと思う。しかし三之丞、いまその方は戦場馬前の役に立てるため武術を修行すると申したな」「はっ」「それなら、滝川と喧嘩《けんか》したのはどういうわけだ、余の馬前で奉公すべき大切な体を、私の喧嘩で勝負などいたし、もし怪我でもしたらなんとする。不届きだぞ三之丞」「はっ恐入り奉る、平にお慈悲をねがいます」「滝川は新参者、その方共は労《いたわ》って遣わすのがあたりまえ、喧嘩のうえ勝負するなどとは以てのほかの儀だ、申しわけあるか」

光政はその場の様子を伊木長門から精《くわ》しく聞いていた。喧嘩を仕掛けたのは滝川で、三

之丞はしまいまで勝負しようなどとは云わなかった、そうなったのは滝川の傲慢《ごうまん》と、そそのかしかけた長門の責任である。……それを精しく聞いて知っていたから、三之丞が仔細《しさい》の申訳をしたら滝川を呼び出して叱ろうと思った。それでわざと烈しく極《き》めつけたのである。しかし三之丞は平伏したまま言訳を云おうとしなかった。

「まことに三之丞の不調法、以後は必ず慎みます故このたびはお慈悲を以てお許しのほど願い上げ奉りまする」「あやまったと分れば、たのたびだけ見遁《みのが》して遣わす。滝川はひとくせある奴じゃ、よく労って交わるがよいぞ」三之丞がなにも云わないから仕方がない。光政はしかしなにも云わない三之丞が可愛くなり、つと短刀を取って差出した。

「さあ取れ、遣わすぞ」「……はっ?」「そんな不審そうな眼をすることはない、先日狼を射止めた褒美《ほうび》じゃ」「……はっ」「家老共のあいだで加増の沙汰を願い出たが、あのくらいの事で加増しては戦場の手柄に遣わすべき恩賞に障る、それで加増はならぬと申した。これはその代わりじゃ」「……かたじけのう」

三之丞は膝行《しっこう》して拝領した。珍しくも、その時三之丞の眼には涙が光っていた。

七

こうして三之丞の方は叱られて済んだが、滝川幸之進はどうしたか。幸之進はあれ以来しきりに噂《うわさ》を気にしている。……二百石で召抱えられてから既に三年、自分のつもりでは岡山へ行けば剣道の師範にでもなれる気でいたのが、別にそんな沙汰もなく、馬廻りの普通の勤めで、三年間なんの変哲もない月日がたってしまった。——なんだこれは、こんな勤めならなにもおれでなくても誰でも勤まるではないか、おれは一刀流の腕で召抱えられたのだ、又召抱えるからは殿も一刀流を役だてるつもりであろう。こんなことをさせておくのは宝を砂中に捨てておくようなものではないか。そういう不平が絶えず頭から離れない。こういう風に自分を信じ切っている人間は、他人の思惑等は分らないもので、何事もおれがおれがと自分ばかり中心に物事を考える。

都合のいい考え方で折をうかがっていた所へ三之丞の矢一筋という問題が起こった。これだと思ったから無理に喧嘩にして、勝負にもみごとに勝った幸之進。——今度こそおれの腕が分ったろう、なんとかお沙汰があるに違いない。

心ひそかに期待しながら、周囲の噂に耳を澄ましている。しかし五日たち十日たったが、別になんのお沙汰もないし、主君がどう思っているかという噂も聞かない、かえって三之丞が短刀を拝領したという評判が耳に入った。これではかねて計ったこととは逆である。——それが事実なら捨て置けんぞ。おのれの方がよっぽど捨て置けない。いらいらしはじめた幸之進、ある日城中の長廊下で三之丞と出会ったが、早速つかまえた。

「青地氏ではないか」「これは滝川どの、過日は失礼仕った」

「ほう、過日の事をまだ覚えておいでか、それはそれは。あの勝負の始末、まだ覚えておいでとは殊勝な事、拙者はもはやお忘れかと存じておったよ。あの負けをまだ覚えておいでだったか」

「されば」三之丞は軽く会釈をして行こうとする、幸之進はたたみかけるように、

「覚えているなら申上げるが、武士としてあのような敗北をした者は、いますこし謙譲になさるがよいな。岡山のような田舎だからこそ世間も黙っていようが、これが江戸表でもあれば世の中への顔出しは無論のこと、すこし恥を知る者なら切腹ものだ……聞けばお上から何か拝領物があったそうだが、あのような敗北をしたあとでまさかのめのめと拝領物でもあるまい、御辞退なされたものと思うが如何でござる」「されば、如何とは存じたが、お上の御意志かたじけなく頂戴《ちようだい》を仕った」「なに拝領した。拝領なすったのか」憎々しく大仰に眼をひらきながら、幸之進は声高に続けた。

「いやこれは驚いた。さても岡山の御家風不思議なものだな。誠お役にたつべき腕があってこそ恩賞も下され、又拝領もするのが世のならわしだと思うに、それほどの心得もない者が、まぎれに狼を射止めて恩賞のお沙汰があり、それを又辞退もせず拝領するとは珍しい。これでは猟師などは忽《たちま》ち万石の身分にも相成るであろう、誠に稀な御家風があるものだ」あたりへ聞えよがしに放言してからからと笑い、思う存分罵《ののし》り辱しめた。するとそこへ、小姓が足早にやってきて、「滝川どののお上が召します」と伝えた。

「お召し？　拙者をお召しか」「お泉水においであそばします。お早く」

小姓はさっさと引返してしまった。時が時だから、これは光政がいまの声を聞いたのだなと思った。――しかし殿は名君だから拙者の申分はお分りであろう。殊によるといまの言葉をお耳にして、忘れていたおれのことを思い出したのかも知れぬ。いずれにしてもこのお目通りがおれの浮沈の瀬戸際だぞ。なるべく都合のいい方へ考えながら奥へ行ったが、光政は泉殿で小酒宴をはじめていた。「幸之進まいったか」「はっ、お召しにより参上仕りました」「相手を申付ける、近うすすめ」「かたじけなき御意、御免」

お側には給仕の小姓が両名だけである。光政はわざと寛《くつろ》いで、しばらくなにげない話をしながら盃《さかずき》を重ねていたが、やがてふと思い出したように、

「先日三之丞となにか勝負をしたそうだな」と云いだした。待ちかねていた言葉だから、幸之進は盃を置いて乗り出した。

「はっ、恐れながら、青地が僅かの腕を誇って人もなげに申しますゆえ、いささか武士の心得を示したまでにござります。お耳を汚し、まことに恐入れ奉ります」「あらましは余も聞き及んでおる」光政は眼を外向《そむ》けながら、

「だが若いうちはその場の行きがかりで過《あやまち》もあるものだ、酒を呑みながらの口論、いつまでもこだわっておることはあるまい、いい加減に忘れるがよいぞ」「これは仰せとも覚えませぬ」「なんだ」「ただ今のお言葉には酒席の口論、とるにも足らぬ事のように仰せでござい

ますが、幸之進は武術を以て御奉公を仕ります。武道の事は酒席であれまたなかれ、お座なりを申して済ますような、まぎらわしい覚悟は持ち合わせません」「そうか」光政の眉がきゅっと眉間《みけん》へ集まった。

「それでは鉄砲的場の勝負も、そのまぎらわしからぬ覚悟でやったと申すのだな」「御意の如く、武道の意地でいたします試合にまぎれはございません、まかり違えば一命を捨てる覚悟でございました」

「ほう、それは不思議だな。その方、余に士官をするおり、余の馬前に一命を捧げると申した筈ではないか、すべて君臣はこの一死を以て繋がれておると思うが、その方はおのれの意地ずくで光政にくれた筈の命を捨てるつもりだったのか」「それはしかし」ぐっと詰ったが、幸之進は服さなかった。

「しかしそれはまた理合が異なります」「理合が違う？　どう違うのだ」「それはつまり、武道の面目の為には、もとより」「黙れ、黙れ幸之進！」光政は遂に我慢の緒を切った。

「ものを知らぬ奴、武道武道と高慢に申すが、矢一筋二筋、斬って落してそれほどの手柄か、戦場の駆け引きに一番首、一番槍の高名でもしたなら格別。その場限りの試合勝負に勝つくらいがなんだ、そんなことで武士の真価が分るものなら、盲人でも見誤りはせん、さきほども通りがかって聞けば三之丞を捕えて悪口雑言。余の家風まで誇《そし》りおった不届き者め、それでもまことの武道を心得おると申すか」発止と扇子で膝を打った語気のするどさ。さすがの幸之進も面《おもて》を垂れた。

「三之丞は先日きびしく叱っておいた。その方は新参のことゆえ、わざとそのまま沙汰なしにしてあったのだ。それを察してみようともせず、かえって手柄顔に申したてるとは呆《あき》れ果てた奴。退ってよく考えてみい。あやまったと申すまでは登城を差止めるぞ」「……

…」「立て、目障りじゃ」こんなに光政の怒ったことはない、側に控えている二名の小姓は蒼《あお》くなっていた。

――あやまりました。申訳ございません。とその場で謝罪しても怒りは解けたであろう、新規お召抱えにするほどなら、光政はもとより幸之進を充分認めていたのである。でなくてただ二百石捨てるような真似はしない、これは役に立ちそうだと思ったから抱えたのだ。しかしそれからよく見ていると、一刀流の腕こそすぐれているが人柄は粗暴で、到底家臣たちの間に立って師範をする人物ではない。――これはもう少し修行をせぬといかん。そう思ったので、馬廻りを命じて様子を見ていたのである。だから光政が云うだけ云うのを聞いて、あやまったと謝罪すればよかったのだが、根の高慢がひねくれだしていたのでそんなことには気もつかず、幸之進はむっとした態度で下城してしまった。光政は叱りつけはしたものの、あれだけ理を尽して云ったのだから、心がしずまれば分るであろう、いまに詫《わ》びをねがい出るに違いないと考えていた。

八

するとその翌日、なにか城外が騒がしいので見にやると、「武家屋敷に出火がございます」ということだった。五月なかば、新暦で云えば六月である。失火に季節もないだろうが珍しいことだ。しかも武家屋敷というので、光政はすぐに天守へあがってみた。

城の北方、二番町のはずれと思われるあたりに黒煙があがっている、幸い風のない日のことで、煙はまっすぐに昇っているが、やがてちらちらと棟を嘗《な》める炎が見えだした。「まだ町奉行から知らせはないか」「はっ」お側の一人が駆け下りていった。するとほとんど入れ違いに青地三之丞が登ってきた。よほど急いで来たと見えて、汗が衣服の表まで滲《にじ》んでいる。

「申上げます」

「おお三之丞か、許す、近う」「御免！」つつっと膝行したが、

「御城下二番町より失火をいたしました」「いま見ておる、誰の屋敷じゃ」「それを申上げますまえに、恐れながらお人払いをねがいます」「人払い」火事の報告をするのに人払いとは妙なことを云うと思った。しかしすぐにお側の者を下げて、

「申せ、なにごとだ」「恐れながら、火を出しましたるは滝川幸之進の家にございます」「な

に幸之進の家とな」「まことに偶然のめぐりあわせでございますが、わたくしが彼の屋敷の門前を通りかかりますると、裏門が閉ざしてあり、その前に夥《おびただ》しく人立がしておりました。近寄ってみますると……かようなものが、表扉にぴたりと貼《は》り付けてござりました」そう云いながら、三之丞は懐中から折りたたんだ一枚の紙片を取ってうち払い、そっとすり寄って差出した。

「なんだ」光政が受取って読むと。

　申し遣す事

書を以て馬を御すの法無し。当藩主池田侯は隠れなき名君と聞き及べども、まことの武士を鑑《かんが》みるの明なく、我れ之《これ》に仕うるを廉《いさぎよ》しとせず。即ちかえって侯に捧ぐるに暇を以てす。世人批判を誤ることなかれ。

滝川幸之進平友正

こちらから主君に暇をやるという意味、またあと書として、山陽道を上って立退くから追手を向けるなら相手をする、決して逃げも隠れもしないと書いてあった。

「恐れながら」光政が読み終るのを待兼ねて、「幸之進追手の役目、三之丞にお申付けくだされたく、枉《ま》げておねがい申上げまする」「よし行け」「もう一つおねがいがございます」「なんだ」「粕谷、富永、宮田、桜井、以上四名を検分役としてお差添えくださいまするよう」「許す、伴《つ》れてまいれ」「かたじけのう」三之丞は口許《くちもと》に微笑をうかべながら主君の顔を見上げたが、「御免」と云って滑るように出ていった。

光政は本心から怒っていた。昨日叱りつけたあとでも、いつかは自分の悪いことに気付いてあやまってくるものと信じていた。ところがあやまるどころか、暴慢無礼な文字を書き遺し、家に火を放って立退いたのである。光政は生れて始めて心から怒った。こちらで充分認めてやっていただけに、憎さもまた一倍である、できるなら八つ裂きにもしてやりたいくらいだった。

「三之丞なら仕損じはあるまい」光政はそう呟いたが、ふとそのとき、いつかの二人の勝負のことを思いだした。――矢一筋、斬って落すか、射当てるか。

鉄砲的場の勝負では三之丞が負けている。もしかすると三之丞、今日も矢一筋で向うかも知れない。……そう気がついてみると、検分役に選んだ四名は鉄砲的場での勝負に立会った者ばかりだ。そうだ、――三之丞めあのときの勝負をもう一度やる気に違いない。そうだとすると危ない。幸之進も剣だけは抜群である、これは捨て置けぬぞ。

光政は天守を下りると、なにも云わず馬を曳《ひ》かせてとび乗った。近習の人々が吃驚してばらばらと追って出たが、

「共無用！」ひと言叫んで、そのままぱっと城下へ疾駆していった。共無用と云われてもそのままにしてはおけない、お側頭矢田八郎左衛門と小姓二人が馬であとを追った。

大手外まで出た光政、追いついてきた矢田八郎左衛門に、

「青地の屋敷へ案内せい」「はっ御免」八郎左衛門がすぐ先乗りになる、遠くはない、京橋の辻さがりにある三之丞の屋敷へ案内した。門前で八郎左衛門に馬を預け、「入ってはならんぞ」と自分ひとり、つかつかと玄関へ。

「三之丞、三之丞」声の大きい光政、奥までびんびんと響く、すると走《は》せ出てきたのは三左衛門だった。「あっ、これは」光政と見て仰天した三左衛門、式台へとび下りて平伏する。光政は急《せ》きこんで、

「三之丞は戻ったか」「はっ、立戻りまして今しがた」「出掛けたか」「弓を持ちまして馬にて」「矢は一筋だな」「御意にございます」「いかん」すぐに引き返そうとする。三左衛門が、

「お上、いずれへ在《おわ》します」「三之丞が心許ない、ゆえあって彼に幸之進の討手を命じた。うかと許したが、彼は先日の負をも取返すつもりだ。幸之進は心柄こそ未熟なれ剣はするどい、矢一筋で立向っては三之丞が危ないのだ」「それなれば三左衛門追いまする、お上にはまず」立とうとした時、玄関脇で、「恐れながら」という声がした。思いもかけぬところから声がしたので、驚いて光政が振返ると、庭との仕切りになっている柴折戸《しおりど》の際に、若い娘が一人土下座して平伏していた。……三左衛門が見ると娘のなつだから、

「無礼者、御前だぞ、退れ」「待て三左衛門、なに者だ」「はっ、わたくし娘にござります」頷いた光政。「許す、なにごとだ申せ」「恐れながらお直の言上、お赦しをねがいます、ただ

今お上の仰せに、矢一筋では三之丞危なしとございましたけれど、矢一筋にて立派にお役を果しましょうかと存じます」

「ほう、なぜだ。矢一筋で幸之進を仕止めるとどうして分る」「はい、過日、鉄砲的場に於《お》きまして勝負の折にも、三之丞が勝つべきところでござりました。あの負は負でございませぬ」「しかし七人の者が立会っておるぞ、七人の見る眼に誤りがあったと申すか」「御検分の方々は勝負を御覧になりました。勝負を見るお眼に誤りはございませんでしたなれど、そのとき三之丞の用いました弓にはお眼が止りませんでした」「三之丞の用いた弓がどうした」「あのとき用いました弓は、稽古に使うごく弱いものでござりました」光政も三左衛門もあっと眼を見はった。なつはしずかに続けて、

「当日わたくしは帰宅しました三之丞から弓を受取りまして、はじめてそれと気付いたのでございますが、もとより三之丞が誰にも知れぬようにいたしましたことゆえ、今日まで黙っていたのでございます。……このたびこそは一矢で射止めるに相違ございません。御心易く思召されてしかるべく存じまする」「そうか、そうだったか」光政はふたたび頷いた。

「如何《いか》にも思い当るぞ、常の弓を持って射れば勝ったのだ。弓勢のするどさは余が知っておる、恐らく幸之進の胸板を射抜いたであろう。その腕を持ちながらわざと知れぬように弱い弓を用い、おのれの恥を忍んで事を穏やかに済ませたのだ。……三左衛門」「はっ」「そ

の方たいそう三之丞を叱ったそうだが、これはしくじったな」「余もしくじった。三之丞は憎いな」光政の眼には、熱いものがうかんでいた。その頃追手の一行は、馬を列ねて東へ疾駆し、財田の里を過ぎた畷道《なわてみち》で、首尾よく幸之進に追いついた。……先頭に馬を駆っていた青地三之丞、馬足を緩めながら、

「滝川幸之進、上意であるぞ」と大きく呼びかけた。幸之進は下郎を一人共につれ、悠々と歩いていたが、この声に振返って笠をあげる。「おお来たか、待兼ねたぞ」と笠をはねて向き直る。三之丞は馬上に弓を執り直し、ただ一筋の矢をつがえた。見るより幸之進はあざ笑い、

「懲りもせずにまた一矢か、過日は試合勝負だからあれで済んだが、こんどは斬って落しただけでは済まぬぞ、一刀流の剣が貴様の首へ飛んでいくぞ」「拙者からも念のために申す。今日の一矢は少し違う、心して受けるがよい。……御検分の方々」と三之丞はうしろへ声をかけた。

「三之丞の一矢、篤と御覧をねがいます」「まいれ」きらりと幸之進が大剣を抜いた。矢頃もよし、三之丞は馬上に伸び上るや、きりきりと弓を引き絞って幸之進をねらった。いつもは、引き絞るとたんに射放つのが三之丞の得意であった。しかし今日は充分に引き絞ったまま、二タ息、三息。

「えいっ」凄まじい気合、と弓弦がもうひとつ絞られて、同時に切って放された。びゅん！

と鳴る弦。矢はふつづ！　風を截って幸之進のま正面へ。えいと幸之進は大声をあげたが、すでに遅く、飛び来たった矢はぶつっと、左の胸さがり心臓のま上から矢羽根の際まで射通った。

「あっ」と云って幸之進、よろよろ、うしろへ四五足よろめいたが、大剣をぽろりと取り落とすと、そのまま前のめりにばったりと倒れる。見ていた下郎はまっ蒼《さお》になって、まりのように街道を逃げ去っていった。検分の四名はあまりのみごとさ、すさまじさに賞讃《しょうさん》の言葉も忘れ、しばらくは茫然と馬上にたたずんでいた。……三之丞が復命に帰城したとき、光政はなつから聞いたことはなにも云わず、

「大儀であった」

　と一言賜っただけであった。口に出して褒めるにはもったいないほど奥ゆかしいと思ったのである。三之丞が光政の「御秘蔵人」と云われるようになったのはそれからのことで、間もなく伯父の娘なつを妻に迎え、ながく岡山藩にその家を伝えた。

国戸団左衛門の切腹

五味　康祐

五味康祐《ごみやすすけ》（一九二一〜一九八〇）
大正十年、大阪に生まれる。明治大学在学中の昭和十八年、応召されて長沙・南京を転戦した。戦後、保田與重郎に師事。昭和二十七年「新潮」の〝同人雑誌推薦新人特集〟に掲載された「喪神」で、第二十八回芥川賞を受賞。以後、多数の剣豪小説を発表して、剣豪小説ブームの一翼を担う。代表作は『柳生武芸帳』。

一

智恵伊豆と評判された松平伊豆守の家来に国戸団左衛門という士《さむらい》がいた。

或る年、伊豆守上洛の時に、番頭よりこのたびの御供の騎馬士は各々手に合う馬を用いるようにと達しがあった。団左衛門は番士をつとめていたが、女馬に乗って出たから、他の面々の馬が騒ぎ立て、行列が乱れた。番頭がとがめると団左衛門は、このたびは手に合う馬に乗れとの御触れゆえ、拙者これに乗り申して候という。番頭は、尤《もっと》もなれども行列が乱れて困る、他の馬に取り替えよと言った。

しかし団左衛門は、

「拙者このほかに手に合う馬これなく候えば取り替え難し。されど、御行列を乱し候ては申訳あい立たず」

そう言って、早速、馬に下帯を作り、これをはかせたら馬共もしずまり無事、行列をととのえることが出来た。――以来、人々は彼のことを女馬団左と異称した。

その翌年正月、具足の餅祝いの時のことである。

大久保彦左衛門と今村九兵衛なる両人は、未明より江戸城に出仕していたが『山吹の間』

に用事があって出向いている間に、本席では両人の姿が見えぬので、右二人は遅参と思い、すでに御祝いがはじめられた。

折から目付衆が部屋々々を見回ったら『山吹の間』に二人が居る。目付衆は、「御祝いすでに始まりたり、匆々《そうそう》に着座いたされよ」と伝えた。

きいて彦左衛門は顔色をかえた。

「我々は今朝未明より相詰めてござるぞ。然るに何の御沙汰もなく御祝い始まりしとは其《そ》の意を得ず。神君御代《おんだい》よりかようの事に御失念は無き事なるに、今日、御失念なされるからはもはや我々年老い、御用に立たずとの御思召しなるべし。しかれば何の面目あって参列せん、そうそう退出いたし申すわ」

と大音に言った。

老中をはじめ役人中はこれを聞いて驚いた。今村九兵衛はともあれ、大久保彦左衛門は神君よりの旧臣で、こういう御祝いには第一の人物だからである。そこで役人中は種々挨拶したが彦左衛門、耳をかさない。

見兼ねて、老中松平伊豆守が、

「これは御老体の御怒りも道理ながら、全くの失念なればこそ役人共もことばを尽くしてお詫びを致してござる。――さ、席へおなおり下されよ」

と言った。

彦左衛門はこうこたえた。

「我等は御旗本頭なり。されば軍札に御旗槍失念ということあるべきや。もはや一番座すみたるからは洗い膳なり、我等洗い膳にて喰いたることなし。長生きすれば、めずらしきことを聞くものかな」と嘲《あざけ》った。

伊豆守は立腹の様子だったが、語気をしずめ、

「御老体も無茶を申される、余人の場合はともかく、将軍家の御祝いに洗い膳と申すがものはごさるまい」と云った。

彦左衛門はからからと笑って、

「伊豆どのは畳の上にて戦場は見たことも無いゆえ軍辞を知らぬと見えたり。二番座に出るを洗い膳と云いてまことの士は嫌うものじゃ。よく覚えておかれい」

いかな伊豆守もむっとしたらしいが、云うべき言葉なく、甚《はなは》だ気の毒に見えたところへ、酒井忠勝が出て、彦左衛門の手をとって、

「老人のことば尤もなり。さりながら今日は格別の御祝いなれば、時移りては如何《いかが》。ささ、席へなおられよ。忠勝が相伴をいたし申そう」

言われて、

「さてさて讃岐守《さぬきのかみ》殿は天下の老中なるに相伴くださるとはかたじけなし、さればいただき申そうか」

別人のように彦左衛門きげんを直して座につき、それより祝いの儀もとどこおりなく済んだ。

このはなしが、いつとはなく列座の諸大名、旗本の家中に知れ、当然、松平藩の歴々衆も知るところとなった。聞いて顔色を変えたのが国戸団左衛門である。

「それは殿が悪い」

開口一番、団左衛門は言った。弓始めで家中の面々が射場にて一汗かいたあと、藩邸の広間に居揃うて雑談のときである。

「とのがお悪いと？　団左、正月匆々チトことばを慎んだらどうじゃ」

相役の矢壁伊右衛門がたしなめると、

「いいや、悪いものは悪いと申上げるが臣下の道じゃ。二番座にすえられては御旗奉行でのうてもツムジを曲げられるのが当然と心得る。とのの申され様が悪かった。——但し、満座の中で殿に恥をかかせられ、臣たるものが黙っておるわけには参らん。ことの是非は兎《と》に角《かく》、こうなっては我らにも為様《せんよう》がござる」

と言った。

時に団左衛門四十二歳。女馬が手に合うほどだから、日頃あまり武辺立つ話などは聞かないのに、せんよう有りなぞと意気込むものだから矢壁が案じて、

「どうしよう魂胆じゃ」

「どうと申して、日頃昵懇《じっこん》のおぬしにもこればかりは明かされん——委《まか》しておいてもらおう」

麻裃《かみしも》のすそを手で払って立つと、車坐になって、朋輩《ほうばい》へ会釈して、

「身共はこれにて退出いたす。ごめん」悠然と広間を去った。

二

団左衛門のこのとき考えていたのは彦左衛門に対抗し得る人物・伊達政宗のことである。

政宗は独眼で有名だが、このいわれは、幼少の頃に片目の玉さがり出て、甚だ見苦しかった。家士の片倉小十郎が言上するには、君の目玉は片方さがりて見苦しきのみならず、戦場の御働きにも邪魔になり申すべし、万一組打ちなどには下りたる御目の玉を敵に握られなば必ずお負けなさるべし。されば下りたる目玉不用のみならず、却って害になり申すべければ切捨て給うてはいかが。万一切捨て給いおいのちにさわる事も有らば某《それがし》も切腹して冥土へお供つかまつらん。そう云ってすすめたので、政宗も「至極なり」と目の玉を切り落としたが、出血おびただしく、激痛に堪えかねたか今にも絶え入るように見えた。

小十郎は耳元へ口を寄せ、大音に、

「さても未練なる御ありさまかな。昔鎌倉権五郎景政は敵に眼より脳へかけて射ぬかれけれども、其矢を抜きも取らずそのまま敵を追い行き遂に討取りしとか聞き申すぞ。これし

きの御事にかくよわらせ給うとは、言い甲斐《かひ》なき大将かな」

そう言って励ましたので、政宗は目を開き、むっくりと起きなおって、

「我おもわず不覚をとったり」と叫んだ。

のちのちまで、そのことは絶えず政宗自身も物語り、「われ目の玉を切り落としたる時の不覚は生涯の不覚なり」と言ったという。

そういう政宗で、大坂夏の陣の時には政宗の陣前を徳川家の旗本神保長三郎が騒がした時、政宗は鉄砲を打出させ多勢で討って出た。神保が愕いて、我は御味方なり、早まり給うな、と言ったが、政宗は聞き入れず、

「味方にもせよ我が陣前を騒がしたる者何ぞ許すべきや」

と忽《たちま》ちに射止めさせ首を打取ったことがある。

又、政宗は中納言に任ぜられた時、島津家久が薩摩中納言というのに倣《なら》って陸奥《むつ》中納言ととなえたい旨を願い出たが、水戸中納言、小松中納言（前田利常）らと同然に仙台中納言というように、陸奥と言うこと相成らずとのことだった。依って、生涯、陸奥守とばかり書いて中納言とは書かなかった。そういう政宗である。

尋常では、譜代大名とて松平伊豆守は三万石、政宗は六十二万五千石、その松平家の団左衛門は一番士にすぎない。天下の独眼竜に体面のかなうわけはないが、倖い、団左衛門には良い友達があった。百人番の頭で横田次郎兵衛基成《もとなり》という士《さむらい》である。

政宗は参勤交代のおり鉄砲の火縄に火を点けて持たせ、仙台城下は江戸城のごとく曲輪《くるわ》を衆人に往来させるなど、他家と異った、家風を見せていたが、三代将軍家光の代になっても政宗には格別のお取り扱いがあり、或る時などお酒を下させて沈酔のあまりその席に寝てしまうと、上意により、奥まで乗物を入れさせて政宗を乗せ、そのまま舁《か》き出させた。ひっきょう急病人の扱いである。

しかるに政宗はこれにてよい例が出来たと、その後出仕するにも乗物を降りず、悠々と舁かせて通った。番士が咎《とが》めると、

「先日おゆるし有りし事なれば苦しからず、捨ておけ捨ておけ」

言い放って通過する。これを聞いて怒ったのが百人番横田次郎兵衛だった。

横田は、

「われら当番の節、政宗もし乗打ちしたらんには構うことなし、与力同心立ちいでて政宗が乗物を打ち砕け。この次郎兵衛が下知するほどに決してひけを取るべからず、万一、あとにて伊達侯が申し立てにより御咎めあらば、我が切腹いたして其方共らには科《とが》をかけぬ。よいか、充分に打ち砕いてくれい」

百人番というのは徒士隊《かちたい》のことで、徒士は将軍の儀杖兵・警士ともいうべき役柄だが、身分は軽く俸禄もすくない。ひら徒士でせいぜい七十俵五人扶持、組頭の横田次郎兵衛で百五十石である。それが、政宗の登城を待ち構えて率先して城門に立った。

政宗はそこへ登城した。乗物の中よりフト様子を見ると百人番が何やら立騒いでいる。さすがは政宗で、その事を察してゆらりと乗物を降り、番所の前を通りがかりに横田を見て、

「この年寄りが乗物のまま通されても苦しかるまいに、そうムキになって同心の世話なぞせずと、我等方へ遊びにでも来たらどうじゃの。旨い酒を振舞い申すで」

笑いながら言い捨てて、横田の面前を通過すると、

「千十郎」

「はっ」

「その方、前に立て」

ハッとするほど厳しい語気で近侍に命じ、先払いに立てると悠然と石の階《きざはし》をのぼった。

その貫禄はまさにあたりを払ったが、政宗も政宗なら楯突く横田も横田なり、天晴《あっぱれ》な丈《もの》夫《のふ》よと評判になった。

その横田次郎兵衛の役宅を団左衛門は訪ねたのである。

三

弓始めの催されるのは正月十七日で、京の兵部省では射手を定め、この日、建礼門で射礼の儀式の行われるのに倣《なら》ったもので、正月七日、武家の射術を将軍が上覧する射初《いぞめ》とは

別である。

と云っても、まだ十七日といえば男の具足祝いに対する婦女の鏡餅の祝いもすまず、注連《しめ》明けは見たが家々にはまだどことなく初春の気分が溢れている。

横田次郎兵衛は団左衛門と同年で、女《むすめ》が二人あり、嫡男のないのが常々次郎兵衛の憾《うら》みであるが、こういう新春には却って家うちが花やぎ色めいて、男手ばかりの団左衛門には何か羨ましい懐《おも》いもする。——が、今日ばかりは浮いた気分にはなれない。

「何じゃい、おぬしもう退出しておったか」

内儀を相手に、奥座敷で主の戻るのを待っていたところへ次郎兵衛が上より頂戴の串柿を大事そうに抱え戻って来て、にこにこ顔で、

「れん、よろこべ。いよいよ縁組のおゆるしを頂いて参ったぞ」

と言った。団左衛門はどちらかといえばでっぷり小肥りして、頬の皮膚もまだつやつやしている。朋輩のあいだでは、女馬の異称の他に寒雀《かんすずめ》と綽名《あだな》されるぐらいで、冬のうちは兎に角着ぶくれして見える。これに反して次郎兵衛は早や鬢《ひげ》に白いものが混り、頬骨の尖った、痩せて小柄の方である。年齢よりもふけて見えるから妻女がしきりに、近頃気にして、もう少し若やいでお振舞いあそばしたら、と時折、ためらいがちにすすめた。娘が何かとても老年で儲けられたように見えるからである。ふたり娘のうち、上が十四、下が三つちがいの十一になる。

次郎兵衛はふと目には五十過ぎと見えるので、いい年をしてまで子をつくった、そう思われはせぬか。妻女はそんなことも気にしている。

「やがて帰って来よう聞いたで、妻女どのを相手に一献頂戴しておったところじゃ。いや、いつもながらおぬし、忙しそうにいたしておるな」

団左衛門は気心のしれた友人の宅なので、打ち寛いで自酌の盃をのみ干し、膳においた。

それから、

「縁談とは春どのがことか」

「待て待て」

次郎兵衛は余程心中に嬉しみが溢れてくるらしい。

「はなしは着替えてからじゃ。その節年始の挨拶もいたそう。……どうせ、碁を負かせに参ったのであろうが。今年はそうは、させん」

次郎兵衛は串柿を床の間に飾り、拝しおわって着替えに居間へ入る。れんが団左衛門に会釈し、いそいそとその跡を追うた。

久しく妻を亡くしてやもめ暮しの団左衛門は、感慨深そうに見送っていた目を、床の間に戻す。串柿とは別に、蓬莱《ほうらい》台にカチ栗、白米が飾られてある。それと、武士なら何処の家にも見られる戦場名残りの甲冑《かっちゅう》。

次郎兵衛が戻って来た。

「せわしそうじゃと先程おぬし申したが、人間、せわしいうちが花ではあるまいかの」

団左衛門と差し向いに坐って、あらためて年頭の挨拶を交したあと、そう言いながら手を拍ち、

「春は何をしておる、早うこれへと申せ。それから、わしにも膳をな」

ふすま越しの妻女に吩《い》いつけた。

「ところでおぬし、変りはないか」

「相変らずでな。当方おぬしとはことかわり、男ばかりの暮しじゃ、ここにこう坐っておると何やら、若返る心地がいたす」

「何を言いおる、妻《さい》なんぞはな、おぬしがいこう艶艶《つやつや》しいとて、ことごとにわしを責めくさる」

「それはそうじゃ。おぬしとは精進がちがう」

「こいつ」

目を見合って、同時にわらった。団左衛門のは虚ろに響く笑い声だが、でっぷり太っているので分らない。

娘の春が普段着のまま、羞《は》ずかしそうにはいって来た。団左衛門に挨拶する。それから父に「おかえりなさりませ」手をついて言った。十四にしては発育のいい躰だ。目鼻立ちが母親に似て美しい。

次郎兵衛は、上司のおはからいで旗本某《なにがし》家との縁談が無事ととのい、いよいよ二男坊が入婿に参られると決まったぞ。言ってから、

「さ、まずは父に一献ついでくれい」

妻女の支度《したく》して来た膳の盃をとった。

「ありがとう存じます」

春は真赧になりながらも父にお礼を言って、俯目に、御膳の前まで膝ですすんで、瓶子《へいじ》を取上げる。

「うれしそうじゃの」

思わず団左衛門が傍《わき》から口を出した。春はいよいよ羞ずかしそうにして、いそいで瓶子を措くと袂で顔を覆う。ふた親と友人は声をあわせて笑った。やがて娘をうながしてれんも退出した。

「はなしというは何じゃ。伊豆守どのがことか」

次郎兵衛から切り出した。先刻とはうって変ったきびしい顔になっている。

「おぬし、勘づいておったのか」

「当り前じゃ。昨日や今日の友でなし、それぐらいのこと見えいでどうする」

「そこまで察してくれておるなら話もいたしやすい。おぬし伊達侯のもとへ、あれから罷《まか》り越しておるか？」

「？……」

「まだなれば、この団左衛門を同行させてくれい」

「陸奥守どのに何ぞ願い事をいたそう魂胆でか」

「わけは今は言えん。おぬしに迷惑をかけるにきまっておるが、日頃じっこんのよしみに、黙って、おぬしも災難をうけてくれ。勝手な申しようじゃが、おぬしとて主君に恥辱を加えられては、同じような無心いたしたであろうと思う」

「いのちの無心かい」

「そうじゃ」

二人の目が、睨み合った。

団左衛門は更に膝をすすめて、主君伊豆守はまだ長四郎といった年少の頃から竹千代（将軍家光）公に仕え、今や老中に准じて幕府にあっても政務を補佐するに欠くべからざる人物である。それが、具足祝いに旗本肝煎《きもいり》・大久保彦左衛門より満座の中で軍《いくさ》をしらぬなぞと辱《はずか》しめを受けた。この儘《まま》うちすておいては、要職にある伊豆守の権威にかかわるのみならず、幕府そのものの威信にも疵《きず》がつく。といって、相手は神君の御代《おんだい》より無二の忠義者と噂される彦左衛門である、軽輩の自分如きが楯をつける道理もなし、面とむかってそれをしてみたところで主君伊豆守の恥辱を雪《そそ》ぐことにもならぬ。要は、過日具足祝いのおり、ことばが過ぎたと一言彦左衛門から詫びがはいれば済むことで、それによって双方うちとけあえればつまりは天下の御為にもなろう。そこで――

「わかったぞ。伊達侯に、一肌ぬいでもらうおつもりか」

「余人ではあれだけの大久保どのを説得いたして、わが殿と打ちとけなされるよう取りなせるとは考えられん。また外に方便も思いつかん」

「併《しか》し」

次郎兵衛は腕を組んだ。「なるほど、おぬしの申すも道理じゃ。――が、こう申しては何じゃが、おぬし、ちと大儀なことに身を入れすぎはせぬか。これが国家老とか、御用人なみの藩の重職なれば兎に角、たかが供番衆の分際で、ちと出すぎてはおるまいかの。伊達侯に取りなしを頼むなら、外に適任者がおろう。それを出しおいては、忍《おし》藩には人なきが如く、却って伊豆守どのに恥辱の上塗りする結果と相成りはいたすまいか。……わしは、そう思えてならん」

「尤《もっと》もじゃ」

団左衛門は莞爾《かんじ》と、うなずいた。

「それぐらいは拙者とて存じておる。しかし、藩の重役が、よしこの団左衛門と同意見なればとて、わざわざ伊達藩邸に出向き、万が一、断わられたら何といたす？　伊豆守はよくよく見下げられたものよ、伊達侯にまで相手にされなんだ。世間は然様《さよう》に申し、二重に物わらいとなるは必定。しかるに我らであれば、一徹者が差しでたことを致しおったと、愛嬌にこそなれ、まさか藩の名誉まで疵つけぬのではあるまいか。むろん、ことが失敗《しくじ》りにおわれば殿へのお詫びに切腹は覚悟の上。尋常ではだが、しくじるもなにも、第一陸奥守どのに目通りすらかなわぬやもしれん。そこで、おぬしに無理を頼みに参った」

「――――」

「今更、あのようなことあればとて、のこのこ伊達家へ酒の振舞い受けに行けるか行けんかぐらいは、充分、察しはついておるのじゃ。その上で、頼む。いかがなものであろう。わしを同道で、伊達家へ死にに行ってはくれんかい」

四

団左衛門が次郎兵衛の手を推し戴かんばかりに感激して帰っていったあと、あたりが暗くなるまで次郎兵衛は腕を拱《こまね》き、黙坐して動かなかった。

妻のれんが手燭におのが頰を照らして這入って来て、はじめて夫のただならぬ気配にきづき、

「どうかなされましたか」

不安そうに、顔色をうかがい見た。彼女は娘の縁談がまとまった事とて、早速に親戚へ人を走らせ、自身も御成橋わきの実家まで娘をつれて報らせに出向いていたのである。

次郎兵衛は、

「何でもないわ」

言ってから、「舅どのは御健勝であったか」

「ハイ。……いこう悦んでくれました」

「それならばよい。――フン、何事も運命じゃて」

吐きだすように言ったきり、もう何をたずねても口をへの字に結んで、答えなかった。

団左衛門のほうは、藩邸のお長屋に戻ると、むかし元服した当時から国戸家に仕えてくれている島田勘左衛門という家来を居間に呼び、

「よいか、事の成否を見るまで、このこと他言はならぬぞ」

云って、二日後伊達藩邸に政宗をたずね、委細を尽くす手筈であると打明けた。明日は猿楽の催しがあり、政宗も参観して登城する。その時次郎兵衛からいつぞや御さそいの振舞い酒、明日頂戴に罷《まか》り越し度いと言い出させる手筈になっていた。

団左衛門は言った。

「万一、わしがしくじって戻らなんだら、不憫ではあるが悴どもをその方、刺し貫いてくれい。われら一族、乱心ということにいたすのじゃ。よいな」

勘左衛門は老いの顔を一そう皺くちゃにして、両手をつき、じいっと主人の面を見上げていたが、

「はい。何事も心得てござりまするわい」

とだけ、こたえた。

「それを聞いて思いのこすことのうなったぞ。どれ、馬めに飼葉でも遣ろうかの」

団左衛門はまだ裃姿のままで、黄昏れて靄《もや》の立罩《こ》め出した厩《うまや》まで出向き、あの女馬の『静《しずか》』にかいばを与え、寒水に手を浸して蹄《ひづめ》を洗ってやった。静御前に倣って名付けた馬であるが、もう老衰して人間なら媼《おうな》のたぐいに入る。団左衛門には九つと六つの悴がある。三人目を死産して、妻女も死んだのである。

悴は勘左衛門に刺させれば済むが、この老馬は、自分なきあと衰残の日を生きねばならぬ、そう思うと実子以上の不憫がかかったのであろう。

さて二日目になった。

常のとおり六つ半に起き立つと団左衛門は朝餐をとり、居間へ、十一になる悴をを呼んで、

「その方、母者がことを覚えておるか」

「はい」

「そうか。ならばよい。――父はな、武辺立てに御家中の話題となったことは一度もない。しかし母者だけは、父がどれほどの武士かをよう知っておった……その方はまだ、元服前なれば心得の至らぬも無理ないが、いかような事態に置かれようとも、常に父に恥じぬ振舞を致すよう心掛けい」

無心な、つぶらな瞳で一心に父の顔を見入って、うなずく。

「はい」

「それから」

団左衛門はフト笑顔を見せ、

「これは母者の名残りに、父が蔵《しま》ってあった品じゃ、そちに遣わそう――」

帯のわきから絹袋に下げていたのを、袋ごと取出して与えた。指に嵌《は》める女物の琴の爪であった。

住居を出ると、百人番の組屋敷へ向う途中、身支度をした、次郎兵衛のやって来るのとバッタリ出会った。そこで二人はその足で伊達家へ向った。途中、「手筈は済んでおろうな」団左衛門が訊くと、「当り前じゃ、済まいでどうする」次郎兵衛は慍《おこ》ったように気短に応えた。おだやかな団左衛門の福相に較べて次郎兵衛の痩せて頬の尖った顔は却って緊張に青ざめて見えた。

伊達藩邸に着くと、名乗り出るまでもなく一目で百人番頭の次郎兵衛と見知って、取次は一室へ招じ入れた。団左衛門を怪《あや》しむ様子もなかった。

玄関はすぐ通れたのに、その一室ではずいぶんと待たされた。今の時間にして、ほぼ二時間以上待たされたのである。その間、茶菓が一度出されたきりで、応対にあらわれる者もなかった。ことさら無駄口をたたく気にもなれないので、双方それぞれの懐《おも》いに耽り、むっつりと黙り合っていた。

取次が迎えに来たのは午《ひる》も過ぎてからである。「どうぞこれへ」先きに立って案内する伊達藩士の物腰は頗る鄭重にすぎた。軽輩な身分の客をそういう仕方で実は皮肉り、黙視しきっているのが感じられて次郎兵衛は先ず不快に思った。通されたのは庭に臨んだ広間であった。一段高く陸奥守政宗の座所があり、その下に、左右へずらりと伊達家の家来衆が居並んで強い眼で両人の這入って来るのを熟視した。果して歓迎の表情はなく、ふたりの挙措に少しの落度でもあれば之を満座で嘲笑せん、との下心のある面構えである。政宗の姿はまだなかった。

二人は定められた位置に着座した。取次がスルスルと後退すると、政宗のあらわれる迄に又小半刻《はんどき》(一時間)ちかく待たされた。左右に列座の面々は誰も挨拶の詞はかけて来ない。互いに私語しあうのみで、時に声を立てて嗤《わら》い、あくまでも客を無視しきっている。そのくせ誰かの目は交々《こもごも》絶えず二人の様子に注がれている。小胆な者なら針のむしろに坐らされるとはこれかと思ったろう。そのうち不気味に列座の衆も黙り込んでしまった。次郎兵衛と団左衛門が物を言いかけるとヒタと、一同は口を緘《かん》するのである。

そうしてじっと物言う両人を見る。

「お手前がた」

耐えかねて次郎兵衛が上座の一人に呼びかけた。次郎兵衛のひたいには癇しゃくの血脈が浮いていた。

「何でござるな」

藩士はわざと空とぼけて薄笑いをうかべる。

「我らに振舞い酒いたそうと申された陸奥守どのでござるぞ、然れば主君招待の客も同然。しかるに各々方には」

「これはしたり」待っていたとばかり向き直るのへ、「いや、ことばづかいに非礼の儀は何卒おゆるし願い度い」慌てて団左衛門が笑いかけた。手で次郎兵衛の袖を引いて。でっぷり下《しも》ぶくれのした団左衛門のこういう笑顔には、不思議と人の心を和《なご》ませる雰囲気がある。

「卒爾《そつじ》ながらの御辺、お役目は？」

次郎兵衛が百人番頭なのは知悉《ちしつ》しているので、次郎兵衛をたしなめる態度に不審をいだいたのだろう、別の一人が問いかけた。この時までは、たかだか七十俵取りの次郎兵衛と変らぬ質素な身なりなので、組下の者ぐらいに思っていたのである。

「申しおくれてござる、拙者、国戸団左衛門。お供番を相勤めまする」

松平伊豆守の、とは言わない。

列座の者はけげんそうに目を見合した。すかさず、「これなる横田次郎兵衛とは日頃兄弟の交わりを致してござるが、このたび陸奥守さま御自慢の振舞い酒頂戴いたすと承り、それがし無類の酒好き、今生の語り草にもと、相伴いたして、罷《まか》り出てござる。厚かましきようながら、まさか一人や二人の相伴酒、我らと事かわり御大身の当家なれば……」

あとは笑いにまぎらせた。

政宗がはいって来たのはこの時であった。列座の者一斉に低頭した。団左衛門と次郎兵衛も居ずまいを改めて頭を下げた。側小姓が、紫の袱紗で捧げ持つ太刀を、主君の後方に翳《かざ》して着座すると、

「横田、よう参りおったぞ」

政宗の片目がじっと見下して、わらった。

「その方は？」

「松平伊豆守が家来国戸団左衛門にござりまする」

「伊豆じゃとな……」

並居る家臣がざわめいた——。これには理由があった。

一年前、伊達政宗の行列が通行の途中、御本丸御台所詰め新組の者で伊丹某《なにがし》が伊達の先供の中を通り抜けようとした。供の士が押し捕えて日比谷の藩邸に連れ帰って成敗した。

右の新組頭が聞いて大いに立腹し、老中伊豆守に訴えたところ伊豆守はこう言った。

「小身にても大名の通行は知れるものなり、況んや大家の伊達が行装なれば二、三丁先より知れるはず、其の先供の中を通り抜けようとはたわけの一つ。又連行されるとてオメオメ伊達の屋敷まで行ったるはたわけの二つなり。所詮のがれ得ぬことと察知して切死《きりじに》する

さえあるに、むざと首を討たれるはコレたわけの三つじゃ。さようのたわけ者御家人にありとて用に立つ道理なし。されば生きて益なく死して損なき者、申し立てなどは無用」と訴え書を差し戻し、

「しかしじゃ、その者に悴あって伊達陸奥守を父の敵と討取るなれば大至孝。随分ねらうようにと、申し聞かせてやれい」

そう云って諄々《じゅんじゅん》と孝子の道を説いたという。いつとはなくこの話が伊達家の耳に入っていたのである。松平伊豆と聞くと列臣の色めいたのもこの為だった。

政宗は知らん顔で、

「酒が好きか」

「は。じつは至ってたしなまぬ方にござりまするが、陸奥守どのには剛勇のみのお人にあらず、文雅にも造詣ふかくわたらせられまする由うけたまわり、いちど、お目通りを賜らばと、振舞い酒が相伴にかこつけ推参いたしてござりまする」

傍らの次郎兵衛が愕《おどろ》いて目をあげた。まるで手筈の文句とは違う。

「おれが文雅に心をよせる?……誰に聞いた」

「は」

「伊豆か」

「は、いえ——」

団左衛門は微かに赤面して、

「陸奥守どのが『関の雪』と題してお詠《よ》みなされたる一首、帝《みかど》の御感にかない集外歌仙の中に加えられたるよし承ってござれば」

「ほう……」

意外だったらしい。「それを知っておるくらいなら其方もたしなみおるか。詠んでみよ」

「は？」

「おれの『関の雪』をじゃ」

試してみる気もあったのだろう。

団左衛門は、

「然れば——」

たちどころに「さゝず共誰かは越ん逢坂の関の戸埋む夜半の白雪」——と政宗の歌をよんだ。

座がざわめいた。

政宗は大いに満悦したようすになり、

「伊豆は不思議な家来をもっておる。……気に入った。酒をとらすぞ。飲め」

竹に雀の家紋のついた朱盃を手ずから取って、傍の小姓に注がせ、一気に呑むとそれを団左衛門の方へ突出した。小姓が瓶子を下げてスルスルと前にまわり、上段を降りると別の小姓が盃を四方《しほう》に受取って団左衛門の前へ捧げる。

「お流れ頂戴つかまつる」団左衛門は神妙に受けて、干した。

次に次郎兵衛にも酒がすすめられた。重苦しかった座の空気が急に打ちとけて和やかなものになり、番所で政宗の乗物を遮った、次郎兵衛の叛骨もこうなれば寧《むし》ろ、笑い話のなごやかさで想起される。「その方和歌をたしなむくらいなれば他に風流の心得もあろう」など懇《ねんご》ろに政宗は重問したりもした。

そんな頃を見計らって、団左衛門は言ったのである。

「お詞《ことば》に甘え、お尋ね申し度き儀がござりまする。御当家には、名物の茶碗がござりましようや。あるなれば、目の保養に、是非とも拝見つかまつりとう存じまする」

「茶碗か」

鷹揚に政宗はうなずいて、

「何が見たいな。天目《てんもく》か、のんこうかな？」

「伊羅保はござりましょうや」

「何、いらぼ？……」

「いえ、別に伊羅保でのうても宜敷うござるが、ただ伊羅保なるものそれがし未《いま》だ目にいたしませぬ。この機会に、願えることなれば――」

「伊羅保なら、あるぞ」

政宗は言うと側小姓をかえり見、

「又之助、納戸役に申しこれへ持参いたせ」

すると「お詞を返すようながら」

列座の中《うち》から一人が膝を向け直った。「との。伊羅保は当家重代の家宝とも申すべき器《うつわ》なればなにとぞ他の」

「かまいはせん。——又之助、早う持参せぬか」

伊羅保茶碗は文禄の役に政宗が兵を率いて朝鮮に渡航して、戦功少なからずしかし百万の敵を打破るとも、この一器を獲た功には及ばぬと迄、豊臣秀吉をして激賞させた名品で、爾来《じらい》、二つないものと珍重している茶碗である。箱書は小堀遠州の筆になる。一時は、政宗の女《むすめ》を徳川家康の子・忠輝に配して戚姻の儀を結んだ時、婿への引出物にと乞われたのも謝絶してきた。

納戸頭が恭《うやうや》しく自身に箱を捧げもって這入って来た。政宗が言った。

「国戸、それが伊羅保じゃ。とくと見い」

「はっ」

団左衛門は恐悦して、居ずまいを正し、

「拝見仕る——」

一礼してから十字の紐を解き、箱書を検《あらた》め、古金襴《こきんらん》の袋をひらいてうこんの布に包まれた、大《おお》ぶりの伊羅保を取出した。

座はしーんと静まり返る。次郎兵衛も半信半疑で手許を覗き込む。

「…………」

暫く、一種厳粛な沈黙が広間を占めた。

ほっと太い溜息を発して、なおもと見こう見するうちどう手許がすべったか、団左衛門の手から茶碗が転げ落ちた。皆の顔色が一斉に変った。

この時、煌《きら》と片目を光らせたのは政宗である。「不届者。何を企んで故意に茶碗を落しおった」

「これはしたり」

「黙れ。それぐらいが見えぬ陸奥守と思うか」

言って側小姓の刀を摑み取った。茶碗は割れなかった。

団左衛門が言った。

「それがし、過《あやま》って落としたるに左迄激怒あそばすは茶碗の落ちたとき陸奥守どの胆を冷やされし為にござろうや。さりとは、意外。うけたまわればこれまで、陸奥守どのには畳の上は無論いかなる戦場にて剛敵に逢われるとも、未《いま》だ胆を冷やされしこと一度も非ず。しかるに茶碗名物なりとて、お驚きなされたは茶碗に陸奥守どのお負けなされたも同然。

天下の伊達侯が、たかが土けら如きにもお負けなされる戦場の御体験とは如何なるものにござろうや。思えば、陸奥守どのにも勝ちたるこの茶碗が憎し」云いながら矢庭に茶碗を取りクルリと振向くと、「名器なりとて何条我はおくれを取るべきや」庭石めがけて投げつけた。茶碗は微塵に砕けた。

五

国戸団左衛門は「乱心の廉《かど》」でそれから間もなく切腹させられた。伊達藩士の刃に討たれず、武士らしい切腹を命ぜられたのは政宗の雅量による。

と云って、列座の面々が伊羅保を叩き毀たれて徒手傍観していたわけではないので、

「おのれ乱心者」

末座にいた二、三人がバラバラと走り寄り、中の一人は背後からムズと団左衛門に取組んで、抱き緊めた。団左衛門は次郎兵衛ともども差料は広間へ通される以前に玄関で預けてきてあった。脇差のみ差している。ふつう、背後から羽交締めにされては抗し得ない。しかるに抱きとめた者に心得がなかった。羽交締めするには、おのが頭は狼藉者の背後わきへそらしているべきである。ただ真っ正直に背後から取組んで、

「乱心者、鎮まれい」

と言ったから、団左衛門が矢庭に後頭部で藩士の鼻柱を搏《う》った。藩士が鼻血を出してひ

るむ隙に、団左衛門は自由を得た。

これを見て括目《かつもく》したのは政宗である。団左衛門は文雅にたしなみあり、でっぷりと小肥《こぶと》りしているだけに一見、軟弱な武士と見えた。それが体術をわきまえている。尋常の士でないのを政宗は喝破したので、

「千十郎。召捕って見い。余人は退《ひ》けい」

と命じた。千十郎はいつぞや百人番所を通るときに政宗の先導に立った侍で、側近の中では武芸に抜きん出ている。これが「ハッ」と応え、座敷中央に進み出て団左衛門の背後から腕ごと上体を抱き止めた。抱かれた刹那、どれほど武術の達人かを団左衛門は知ったろう。後頭部の一撃は利かない。というよりその隙を与えない。

「国戸団左衛門、乱心が過ぎるぞ」と耳許で千十郎は叱咤した。団左衛門の身から力が抜けた。

その間、まわりを取り囲んでいた家来共は更に政宗に下知されて、ようやく各自の席に戻った。千十郎の手にかかればもう安心と見たのである。広間中央に、抱き止められた団左衛門と千十郎の二人が残った。政宗は言った。

「おのれの魂胆は奈辺にあるかやがては知れよう。我が珍重の伊羅保を打砕いて申しおった一言、たしかにこの胸にこたえたわ。が、その方、文雅の道のみか武辺にも奥旨を極めておる様子。それなる千十郎は当家屈指のつわものじゃが、見事その腕を解き放してみせ

るか。出来ればその方の武辺我に勝り、何事なりとも願いごとあらばかなえてつかわす。罪も赦《ゆる》す。がもし及ばねばこの場にてその首を刎《は》ねさせる。よいか」

と云った。

団左衛門の面《かお》に生気が甦ってきた。

「しかと、しかとこの腕ときほぐさば拙者が願いかなえて頂けまするな？」

「政宗に二言とない」

「なれば」

みるみる、色白の満面に朱を注いで力み、団左衛門はズルズルと後退した。うしろから抱きとめた者は前へは出ない、かならず後ろへと相手を引きつける、その力にのって後退したのである。

家臣の列坐した場所から少し離れたところが壁になっていた。団左衛門はおのが背で、その壁へ千十郎を押しつける恰好になった。両腕の自由は利かない。

肩から背負いかかるように千十郎が必死の力で抱きしめている。体重をかけてその千十郎を団左衛門は壁に押しつけた。渾身の力をこめ、両脚をふんばった。

千十郎とて心得はある。そうはさせじと前へまわした手で団左衛門の襟を掴み、首を緊《し》めにかかった。業《わざ》と業との闘いとなった。緊める。一方は押す。……わずかに手首の自由が団左衛門は利いた。柄頭《つかがしら》を左に持って、脇差を背後へまわし、右の手でうしろざまに徐々に鞘の方を抜いたのである。鞘が畳に落ちた。団左衛門は手首をかえして刃を立てた。おのが袴の紐が切れ、千十郎の前腹部を横一文字にスーッと斬った。千十郎の衣服の下で、血が肢から足袋へタラタラと流れた。

団左衛門はこうして千十郎の腕を解いた。武士と武士の闘いならこれは立派な勝利である。政宗もさすがに絶句し、つと座を立ったが、直ちに、それまで座敷で茫然自失していた次郎兵衛を召し、団左衛門の企図するところをきただした。ありの儘を次郎兵衛は物語った。

いたく政宗は衝《う》たれたらしい。併し列臣の面前で可愛い家来を斃《たお》され、名物茶碗をわられては不問にふすわけにゆかなかった。そこで団左衛門を切腹させたが、約束は約束である。翌日登城して、大久保彦左衛門にありようを詳しく語った。彦左衛門は暫時沈思してから、

「老いの一徹でえらい申し訳のないことを致した」

伊豆守にではない、団左衛門のような丈夫を死なせたのを落涙して詫びたという。

団左衛門の遺児は、のちに大久保家に召抱えられた。

日本の美しき侍

中山　義秀

中山《なかやま》義秀《ぎしゅう》(一九〇〇〜一九六九)

明治三十三年、福島県に生まれる。早稲田大学文学部英文学科卒業後、中学教師となる。昭和十三年「厚物咲」で第七回芥川賞を受賞。昭和三十九年には『咲庵』で、第十六回野間文芸賞を受賞した。平成五年、故郷の福島県西白河郡大信村に、中山義秀記念文学館が落成、中山義秀顕彰会によって中山義秀文学賞が創設された。

一

午後四時頃から降りだした豪雨が、関ヶ原の戦場跡を洗いながした。方一里たらずの戦場には、敵方万余の屍骸がむなしく遺棄されている。その血が河にあふれて、流れをまっ赤にかえたという。

北陸路、都路、伊勢路、三路ともおびただしい落人の数だ。西軍八方の兵が、潰走をつづけている。それを東軍が追撃する。野伏《のぶせり》、地下《じげ》の農民達も武装して、落人を襲撃し物具を略奪した。

その頃西軍の総帥《そうすい》、宇喜多中納言秀家《うきたちゅうなごんひでいえ》は、伊吹《いぶき》山中へ遁《に》げこみ、冷雨にふるえていた。主従わずか、八人である。彼がひきいた、麾下《きか》一万八千の大軍は、今や影も形もない。主従の顔には、生色がなかった。疲労と空腹と絶望とに、うちのめされている。彼らは蔦かずら、藤蔓などにおおわれた、林のしげみの中にひそんで、豪雨をさけていた。

雨は山をうずめる松、杉、柏の巨木の梢をゆるがせながら、車軸をながす勢いで、茂みの上に落ちてくる。

兜、鎧はずぶぬれとなり、余瀝《よれき》が肌にしみとおった。誰も口をきかない。雨声に耳をすましながら、敵兵の捜索や、土匪《どひ》の襲撃を用心している。

それ故、火も焚けなかった。主従は寒さにこごえながら、不安な一夜をあかした。

雨は夜半にやんだ。夜明けてあたりが白みかかると、山中は咫尺《しせき》もわからぬ、ふかい霧である。人目をしのんで落ちるには、究竟《くっきょう》な空模様。

彼らは甲冑をぬぎすて、小袖の帷子《かたびら》と小袴だけの軽装になった。長い打刀もすてた。遁《に》げおちるには、重い具足や邪魔物は、すべて不用である。

主従が茂みから出ようとしていると、こなたへやってくる人々の声がする。

「昨日は、たいしていい獲物は、かからなかった。雑兵ばかしよ」

「石田治部や小西摂津、備前中納言などという大将株は、まだ掴まらねいそうだ。一人でもひッつかめいたら、どいらい恩賞物だぞ」

「そのかわり、家来どもがつきそってるから、手強かろう」

「なァに、十人二十人附いてたって、しれたもンだ。戦に負け大雨にうたれて、へとへとになっている。この槍でひとなぐりしたら、吹飛んでしまうわい」

そんな話を高声に、わめきちらしているのは、山麓の土匪たちらしい。三人五人とかたまって、夜明けをまちかね、はやばやと落人狩にでかけてきたものとみえる。

彼らは戦争で痛めつけられるかわり、戦がかたづけば、こんどは彼らの稼ぎ時だ。各部落の農民が、たちまち、みな野伏とはや変りする。落人らにとっては、敵よりも恐しく、始末のわるい存在だ。

略奪物の具足の草摺を、がらがらと響かせながら、勢いこんで近づいてくる彼らの足音は、宇喜多主従の胆をひやさせた。

彼らに見つかれば、何もかも剝ぎとられた上、情け容赦もなく打殺されてしまう。横暴な武士にたいする、平生の鬱憤をはらすのだ。

身も心も弱りはてている主従には、彼等を相手にたたかう勇気もなければ、遁げのびる脚力もない。主従はふたたび、茂みの中へもぐりこんで、息の音をころしていた。

土匪の群れは幸い霧のために、主従の潜伏に気づかず通りすぎた。しかし、まだ安心はならない。さらに新手が、やってくるかもしれぬ。

主従はすっかり、怖気づいてしまった。名もない土民どもの手に、犬猫のように殺されたくはなかったからだ。

昨日彼らは、数万の敵を相手にして、たじろがなかった。朝の八時から午後の二時まで、六時間の激戦にたえもした。

小早川秀秋が裏切った時などは、秀家は憤激のあまり、秀秋と一騎討の血戦をとげようとまで、はやりたった。

運命の逆転とともに、その英気も跡かたなく消えうせてしまっている。彼のまわりから一万八千の麾下の兵が、たちまち遁げちってしまったようなものだ。

秀家は今では、たちあがる気力すら持たない。彼は二十九歳のこれまで、運命にあまやかされてきた。

幼いとき父をうしなった秀家は、秀吉にひきとられてその養子になった。朝鮮の役には、二十歳たらずで、遠征軍の総大将にかつぎあげられ、備前岡山五十七万石の太守となり、五大老の一人として権威をふるった。

昨日までのその現実が、泡か幻のように、過去のうちにほろびさってしまったのである。現在の彼をとりまいているのは、七人の近習たちにすぎない。

秀家は眼のくりくりした、色の白い美しい青年だが、一夜のうちに彼の豊頬も、げっそりとこけてしまった。

顔色は蒼ざめて、眼のまわりに薄隈ができ、寒さと空腹のために、唇の色がない。

「何か、たべものはないか。腹がすいた」

秀家は力なくつぶやきながら、近習たちを見まわした。秀家も近習たちも、昨日の朝から何もたべていなかった。近習らは、顔を見あわせて、

「あいにく、何も用意してござりませぬ」

彼らも秀家とおなじく、安逸な境遇になれていた。心得のある武士なら、兵糧と路銀は、戦場でも身からはなしはしない。

「では、水だけでも飲みたい」

「水といって、このあたりに……」

近習たちはふたたび、顔を見あわせた。彼らはやはり空腹と疲労で、身をうごかすのがものうかった。あたりを見まわし、仲間の顔色をうかがうばかりで、水を探しに起とうとする者がない。

主君のためならば、水火の中へも飛びこもうというのは、秀家がまだ太守だったときの話である。敗戦で元も子もなくなった今は、秀家も近習らもいわば同じただの人間だ。

彼らはそんな考えに、支配されていた。絶望のため、虚無的になっている。彼等が主人についているのは、なかばは惰性で、離ればなれになるのが、怖いからでもある。機会と安全とがえられれば、彼らも他の将兵と同様、ためらいなく秀家から離れてゆくであろう。

秀家も強いて、もとめはしない。彼もまた自分の無力を知って、絶望していた。彼は黄金造りの脇差にした、鳥飼国次という有名な伝家の宝刀を地につき、その欛頭《つかがしら》に額をのせてうなだれている。

そのしおれた姿をみて、近習衆の一人がたちあがった。

「私がその辺を、探してまいります。しばらくお待ち下さい」

その声に、秀家は顔をあげて、

「三左衛門か、頼む」

秀家のくぼんだ両眼に、哀願の色がながれた。三左衛門は、秀家や他の近習衆より、七、八歳年長で、分別にとんだ顔をしている。

「谷へ下れば流れがみつかりましょう。その間、土民にお気をつけられますように」

三左衛門は、茂みから忍び出た。まだ、土民を用心している。他の近習らも、それが怖いので、茂みを出ようとしないのかもしれない。

中秋の季節で、野山は紅葉しているが、老杉、松柏にうずめられた山中は、そんなに明るくはない。三左衛門は巨樹の幹に姿を隠し、藤蔓にすがって谷へおりた。

渓石の間に、谷水がささやかに流れている。三左衛門は岩の一つに手をついて、水をのんだ。そして初めて気がついたことは、水を入れて運ぶものが、何もないことである。

彼はあたりを、見まわした。すると、落葉の上に、数枚の美濃紙が、点々と散乱している。近づいて拾いあげようとすると、紙にべったりと、黒血がにじみついている。人を斬った刀の血をぬぐって、捨てたものに違いない。

三左衛門はそれと知った刹那、襟もとが寒くなった。落人狩が、この辺も徘徊している。

昨日眼前に、十万にちかい両軍が、血闘した光景を見るよりも、落葉の上にちらばっている血染めの白紙に、三左衛門はかえって不気味さを感じた。

彼はその紙を拾って、谷川にひたし、血を洗いおとして、水を充分にしみこませた。それを持って行って秀家に、水をのませてやるつもりである。

彼が濡れ紙を掌にのせ、崖を匍《は》いあがろうとしていると、頭上のかなたで、異様な叫び声がした。

「南無……」

「八幡……」

人が斬殺される時の絶叫である。それにつづいて、

「こなくそッ」

「くたばれ」

そんな懸け声もする。方向は、秀家らの忍んでいるあたりだ。三左衛門は思わず、登りかけた崖をすべりおりて、岩蔭に身をひそめた。

「味方が、土匪におそわれた」

そう直覚すると、身体が硬くなり、胸の動悸がたかまってくる。

「今行けば、俺も殺される。しばらく、隠れていよう」

彼は岩蔭に身をひくくして、頭上の様子に聞き耳をたてている間に、ふと掌の濡れ紙に眼をやった。水をふくんだ紙は、左の掌のくぼみに、そのまま保たれている。彼はあわててはいなかった。

そう思いつくと、三左衛門は勇気がわいてきた。彼に水をもとめた、秀家の哀願の表情が、まざまざと眼前にうかんでくる。

「中納言ともあろう人を、土民の手にはかけられない。主君のもとに駈けつけ、及ばなければ共に死のう」

三左衛門は崖をよじのぼって、薮の茂みへ馳せつけた。来てみると、あたりに人影はない。

「はや、害されたか」

三左衛門は今は恐れず、大声に呼んだ。

「お殿様お殿様」

すると茂みの向うの松蔭から、秀家がたった一人、よろよろと現れてきた。顔色がまっ青で、くぼんだ両眼が血走っている。

「朋輩《ほうばい》衆は何処へ行きました？」

「土民に追われて、遁げた」

「お殿様は？」

「わしは遁げられぬ故、松蔭へかくれた」

「しかし、お怪我がなくて、なによりでした」

三左衛門は秀家に、水をのませようとして、彼が無腰であるのに気がついた。秀家は雲龍地文の綾綸子の小袖に、錦の小袴をつけている。その腰に名物の鳥飼国次がない。

「お脇差は、いかがなされましたか」

「盗られた」

「誰に？」

「土民の女じゃ」

「女に――」

「素早い奴で、わしが投げつけた刀を摑んで遁げた」

「お遁げなさるために、お刀を離されたのでござりましょう」

三左衛門は主人に恥をかかすつもりはなかったが、昂奮しているので、思わずそう問いかえした。

「許せ」

秀家は濡れ紙の水を吸いおわると、身を投げだすように地面に腰をついた。

「もう、生きていとうはない。三左衛門、介錯をたのむ」

秀家は眼に、暗涙をたたえていた。三左衛門、介錯をたのむ」

彼は家来たちが土匪とたたかっている間、遁げようとして女につかまり、宝刀を餌にして、わずかに危機を脱したらしい。秀家はすでに、女とたたかう気力すら、うしなっていた。

「死ぬのは、いつでも死ねます。賊の手をのがれたを幸い、遁げられるだけ遁げましょう」

三左衛門は、秀家の手をとって、ひったてた。

「いや、駄目だ。一歩も歩けぬ」

馬や輿にのりつけて、徒歩に馴れない秀家は、山中の岩道に両足を腫れあがらしていた。

「お気の弱いことを、おっしゃられますな。では、私が負うてさしあげます」

三左衛門はこうなると、必死だった。彼一人の力で意地にでも、秀家を助けずにはいないという決心になる。

しかし、彼も飢えと疲労に、弱りはてていた。秀家を背に負い、二、三町歩きつづけている間に、思わずよろよろとへたばってしまう。秀家はそのつど、

「三左、もうよい。わしは此処で死ぬ。そち一人で、落ちのびてくれ」

そんな弱音をはく。主君とはいえ三左衛門より年若い彼が、三左の重荷になっているのが、たまらなくなるらしい。

三左衛門は水をのみ、落栗を拾って、たがいの飢えをわずかにみたしながら、秀家を力づけた。

「大坂には奥様や、三人のお子様方がいらっしゃいます。此処で死なれたとお聞きなさいましたならば、どんなにお歎きあそばされることでしょう。私も妻子に一目、会わずには死にきれませぬ」

二人は山をのぼり谷へ下り、こけつ、まろびつしながら、一日一夜山中をさまよい歩いた。そして十七日の朝、ようやく人里ちかい山麓におりてきてみると、何としたこと、彼

らはふたたび関ヶ原へ、逆もどりしていた。

二人はそれに気がつくと、「ううん」と唸ったなり地面に膝をついて、虚脱したように運命の山野をながめていた。

二

伊吹山の北西の在所に、羚羊《れいよう》などの棲む寒村がある。姉川の急湍《きゅうたん》が脚下をめぐり、人煙から隔絶したところだ。

そこの名主を、矢野五右衛門という。六十をすぎた老人で、もとは戦国時代にほろんだ武将の裔であった。今は入道して頭をまるめ、慈悲を後生の願いに生きている。

このような僻地へも、毎日のように落人らが流れこんでくる。五右衛門は村人をかたく警《いまし》めて、略奪や殺戮を犯させないようにした。

敗北した西軍の中には、徳川方と縁故ある者がすくなくない。例えば家康公の第一の出頭人、本多佐渡守正信の次男、本多政重は宇喜多中納言に与力している。

もしそのような人を害することがあれば、禍は村全体にかかってくる。わずかな慾に目がくらみ、後で悔やんでもおよばない。五右衛門はそんな風に、村人を説諭していた。

十七日の夜、この五右衛門の家の戸口を、忍びやかにうち叩く者がある。

「ちと、物申したいことがあります。この戸をお開け下さい」

その声を聞いて、五右衛門が無遠慮に云った。

「落人の方ならば、そのままお通り下さい。備前中納言殿、石田治部殿、小西摂津殿などのお歴々のお行方がまだ知れぬというので、田中兵部様や西尾豊後様から、代官衆を通じきびしく穿鑿《せんさく》されて居ります。見咎められぬうち、はや落ちられるが宜しい」

そう注意したのは、彼の親切である。しかし、相手はきかなかった。

「いやいや私たちは、さような胡乱者《うろんもの》ではありませぬ。ちょっとの間でも、お目にかからせて下さい」

そうことわりながら、しきりに戸をあけようとするが、落人の闖入をふせぐため、戸には厳重に締りがおろしてある。ちっとやそっとの力では、がたりともしない。

「いくらおっしゃっても、時節柄見知らぬ方に、お会いはできません。そのまま、お通り下さい」

五右衛門は、頑固に前言をくりかえす。相手は一層、執拗になった。

「たち寄る木蔭も、何かの縁とやら。是非とも御亭主にお会いしたくて、はるばると当所まで参った者、そうつれなく仰せあるな。夜蔭のことではあり、ほんの少しの間で、宜しいのです」

戸外の声は、哀願にかわった。五右衛門は返事をしない。

「お会い下さらなければ、夜明けまででも、此処にお待ち申して居ります。それではかえって、こなた様のお迷惑になりは致しませぬか。お会い下されば、すぐにも立ちさります ものを……」

その愬《うった》えには、必死の思いがこもっている。五右衛門はしかたなく座をたって、土間の戸を少しあけた。

外はうす曇りの月夜である。戸前の地面に、乱髪の武士が二人、前後にならんで土下座していた。

二人とも鎧下の小袖一枚で、寒さにふるえている姿が、おぼろな月の光に、みすぼらしく照しだされている。

五右衛門が戸口に現れると、前の武士が彼の前へいざり寄ってきて、小声でささやいた。

「こちらは、備前中納言殿でおわせられる。拙者は、従者の進藤三左衛門。なにとぞ、御助力にあずかりたい」

五右衛門がびっくりして、戸をとざし逃げようとする着物の裾を、進藤がすばやく手をのばして、しっかと捉えた。

「身分を明した上は、生かすも殺すも貴様次第、おかくまい下さるか、それとも関東方へ引渡して、褒美の金にあずかるか、お心まかせになさって下さい」

五右衛門は、身をふり放そうとあせりながら、

「もったいない事を、仰せられる。この上は一刻もはやく、いずこへでもお立退きなされ

ませ。手前においては、見ぬふりを致しております」

しかし三左衛門は、いよいよ堅く、着物の裾をおさえて、

「落ちて行こうにも、脚がたちませぬ。十五日の朝より今日で三日、落栗のほか何もたべておりません。此処まで辿りついたのが、精一杯。力も根も、つきはてました。貴様に見はなされればかつえ死にして、獣の餌食となるよりほかはありません。かほど泣くどく申上げるのも、ご覧のとおりの有様からです」

彼の言葉には、血涙がにじんでいる。五右衛門は困憊《こんぱい》しきった二人の様子を、しばらくじっと見おろしていたが、つと戸外へ出てくると、

「こちらへ、お出なされませ」

そう云って二人を、家裏のあいている牛小屋につれこんだ。そこは稲藁や籾殻《もみがら》で、いっぱいに埋っている。五右衛門は二人を、その中へ隠した。

人々の寝静まった夜半にちかい頃、五右衛門がうす粥を煮て、二人のところへ運んできた。茶碗一つほどの糧である。飢えきった二人には、喉を通ったぐらいにしか感じられない。

「もう少々、ご所望できませぬか」

三左衛門が、遠慮がちにたのむと、五右衛門は首をふって、

「断食の後は、それぐらいが丁度。食べすぎると、身をやぶります。ご辛抱なさい」

それから暁の頃、また一椀の粥をもってきて、五右衛門が二人に注意した。

「夜があけると、奉公人や村人たちの出入りが、多くなります。くれぐれも人目につかぬよう、お気をつけ下さい」

その後、午時、夜分と二度に、食事をはこんでくる。五右衛門の妻が、代ってやってくることもあるが、夫婦以外は誰もよこさない。

秀家は牛小屋の暗い片隅に、二日ばかり閉じこめられていると、命の助かったことも忘れて、ようやく退屈しはじめた。

金殿玉楼のうちに人となり、多くの侍臣にかしずかれてきた秀家の身にしてみると、命助かりたさに辛抱しているのが、馬鹿らしくなってきたらしかった。

五右衛門夫婦が食事をはこんでくるごとに、藁くずや籾殻をかきわけ、ごそごそ匍《は》いだしてくる主従の姿は、家畜とかわらない。

秀家は弱いくせに、見えが強かった。逆境にたつと、すぐ物事を投げだしたくなる。それに彼には、前途にたいする希望がなかった。

たとい無事に、世を落ちのびたとしても、ふたたびもとの身の上にかえれる見込みはない。また敗残の兵をあつめ、秀頼を擁して家康を相手に、復讐戦をくわだてるような気概は、むろん持たなかった。

「こんな所にすんでいるくらいなら、いっそ露見したほうがましだ。三左、亭主にそう云え」

秀家はそう云って、しばしば三左衛門に催促する。三左衛門もしまいには、秀家をすかす言葉がなくなって、五右衛門に取次ぐと、五右衛門はもってのほかだという顔をした。

「お身様たちは、それで宜しいかもしれませぬが、私の身の上はどうなされます。敵の大将を匿った罪で、家財を没収された上、軽くて縛り首、重ければ一家一門磔にされないとも限らない。そんなご料簡ならば、最初なぜあのように、くどく私に頼まれたのですか」

老人の一徹で、そうきめつけられると、一言も返す言葉がなかった。

「三左、だからあの時、わしを殺せばよかったのだ」

秀家は今度は三左に、ぐちを云う。貴公子の我儘だから、理窟をいっても仕方がない。三左衛門は命にかえて秀家を守護している間に、かえってこういう秀家が、しだいにいとおしくなってきた。

五十七万石の太守が、三左一人を相手に、駄々を云っている姿が、あわれでならない。しかも彼は、秀家にとっては、一季、半季の新参者だった。

六年前、三左が京都で浪人していた頃、二百石で秀家に抱えられたのである。それから六百石の馬廻りとなった。それだけの恩である。

秀家の家中には、一万石から五万石におよぶ、大身の宿老が五人もあった。関ヶ原役のおこる前の年、これらの宿老がたがいに喧嘩して、秀家を見すてて他に去ってしまった。

その中には徳川の手について、こんどの戦で秀家を攻めてきた者さえある。三左衛門はそのようなことを考えると、二万人におよぶ家中のなかで、彼ばかりが唯一人、秀家につきそっている現在の事実を、妙なめぐりあわせだと、思わないではいられない。

彼の祖父は信長の被官で、伊勢の国渋見の城主だった。父の代になって信長の怒りにふれて、城地をとりあげられてしまった。

いわば、秀家の運命と、似たところがある。秀家のほうが、今ではもっと悲惨だ。そうした点がしらずしらず秀家を憐れむ気持になるのであろうか。

五右衛門も一度は怒ってみたものの、さすがに気の毒になったのであろう。秀家主従を牛小屋から、屋内の納戸にうつした。納戸は、家内の物置部屋である。

その翌日、西尾豊後守の手の者が二、三十人、五右衛門の屋敷へおしよせてきた。

昨十九日小西行長が、伊吹山の東の村でつかまった。それで俄に、色めきだったものと思われる。

歩卒らは槍、鉄砲で、ものものしく武装している。物頭の武士が三人、彼らをひきつれていた。

その一人が、草鞋ばきのまま、庭縁に飛びあがって、五右衛門に聞いた。

「この家に、備前中納言をかくまいおるであろう。早々に、出し候え」

彼は腹巻の上に、陣羽織などきて威張っている。五右衛門は座敷にすわっていたが、物も云わず納戸へ駈けこんできた。

秀家主従にしらせて、遁げさせるつもりかと思うと、そうではない。そこの物蔭に潜んでいる二人には、眼もくれずに、刀箱から一刀をとりだして、また座敷へ出てゆくと、刀を腰にひきつけて武士に云った。

「百姓をお侮りになさるも、大概にさっしゃれ。人の家に土足であがられるとは、どなたのお指図でござる。中納言殿がおられるかおられないか、草鞋をぬいで家うちをとっくりとお捜しめされ」

五右衛門は老人に似合わぬ、大声をだした。坊主頭までまっ赤に、色がかわるほど怒っている。老齢だけに、憤怒に凄みがある。素破といえば、斬りつけかねない。

縁側に飛びあがった物頭は、まだ若い。老人を恐れるのではないが、その気勢に押される。

考えてみるまでもなく、土足で踏みこんだのは、彼のほうが悪かった。主人の豊後守の耳に聞こえても、申訳がたたない。彼は苦笑して、老人をなだめた。

「いや、かくまいおらなければ、それで宜しい。一応その辺を、取調べてまいる」

彼は縁をおりると、照れかくしに屋敷のまわりを一巡して、物置、牛小屋などを改めながら、ひきあげて行った。

牛小屋から納戸にうつされた偶然が、秀家主従に幸いした。二人は老人が血相をかえて、納戸にとびこんできた時、万事おわったと思った。

五右衛門につきだされれば、そのままおとなしく出るつもりであった。そう覚悟をきめていたので気がおちつき、五右衛門と物頭の応対を、かえって面白く感じた。三左衛門は板戸の隙から表をのぞいて、人々の様子をうかがっていた。

五右衛門は敵がひきあげた後、しばらくたって納戸部屋へやってきた。部屋は北向き、六畳ほどの広さである。四方は壁や板戸で仕切られ、夜具、つづら、長持などの家財が、いっぱい詰っていて、昼なお暗い。

三左衛門は、秀家にかわり、五右衛門の前に手をついて礼を云った。五右衛門は坊主頭を右手でなでまわしながら、

「いや、あの時はまったく、寿命をちぢめましたよ。しかし私の狂言があたって、向うが無事に退散してくれたので、こっちも計らず、命拾いしました。はっはっはっ」

と、五右衛門は、しんからホッとしたように笑う。様子をみていた三左衛門は、

「なに、あれは御老人の狂言でしたか」

そう彼に、問いかえした。

「とっさに此処へかけこみ、刀を持ち出したんで、向うも胡麻化されたのでしょう。まさか隠し者の居る所へ、飛込んでゆくとは、思いつかないでしょうからねえ」

それを聞いて秀家主従は、いまさらのように、五右衛門の人物に感心した。伊吹山周辺から北へかけて、武将の子孫や落人の土着民が多い。

この老人も、主従にたいする義侠心といい胆略といい、いずれは名ある者の末であろう。

「このまま山麓の寒村に、埋れさせておくのは惜しい。世が世ならば――」

秀家は感謝のあまり、すぐそんな風に考えたが、彼自身埋れた境遇をかえりみると、何も云えなかった。

彼は関ヶ原を逃亡して以来数日間に、はなやかな前生涯では決して知りえなかった、貴重な事実の数々を、しっかと身にたたきこまれたような気がした。

秀家は生死の境を、さまよいつづけているうちに、死ぬよりも生きることの容易でない現実に、ようやく気づいた。

そう思うと、死を賭けて生きるために闘っている、三左衛門や五右衛門のほうが、秀家などよりずっと立派なものに思われてきた。

彼は今では、彼らの負担であるだけの存在にすぎない。秀家は彼らの犠牲にむくいる、何物ももたなかった。将来もない。彼は裸となった自分に、何の値打があるかと思うと、絶望とはべつな意味で心がしおれた。

小西行長につづいて、四日後の九月二十二日に、石田三成が伊吹の北、草野谷の巌窟内で田中吉政の手の者にとらえられた。

三成は卑しい杣《そま》の姿で、すこしの米と草刈鎌を腰にさし、破れ笠をやつれた顔の上にあてながら、ただ一人病気になって寝ていた。

秀家主従のひそんでいる所から数里とはなれていない場所である。

安国寺恵瓊《えけい》は、毛利輝元を大坂方にそそのかした策士だが、これはその翌二十三日、乗物にかくれて京都市内へ、まぎれこんだところを捕縛された。

これで総大将の秀家一人をのぞき、西軍の巨魁連はみな摑まってしまった。大谷刑部は関ヶ原で戦死し、長束正家は居城水口へ遁げかえって自殺した。

秀家の消息が、杳《よう》として知れないので、彼は伊吹山中で死んだように、世間へ伝えられた。

三

大坂城の郭内、三の丸の玉造に、宇喜多秀家の邸宅がある。そこに秀家の妻や三人の子供らがすんでいた。

秀家の奥方は、大納言前田利家の娘である。三人の和子たちは、まだ幼い。長男が十歳、長女が七歳、三番目が三つの男の子。

関ヶ原敗戦の悲報は、とうにこの屋敷にとどいていた。

すでに徳川方の諸将が、大坂近傍へのりこんできて、大坂城にたてこもった、西軍の総帥毛利輝元や増田長盛と折衝をつづけている。

その結果輝元は、帰順の意を表して、城内の西の丸をたちのき、家康にあけ渡すことになった。

城の中心の本丸には、淀君、秀頼の母子が住んでいる。彼らはこんどの戦争に、いっさいかかわりないこととして、家康が母子の身の上を保証した。

それで城中は静謐をたもっている。大坂市中も、騒いではいない。秀家の留守宅も、そのままだった。大名の屋敷なので、相変らず大勢の人々が出入りしている。

ただ屋敷内では、誰も戦争の話はしない。わざとそれに触れることを避けている。消息不明の秀家の身の上を一方ならず案じているには違いないが、口にだして噂はしない。

二十二日の夕方、百姓体の男が、その屋敷の台所口へ訪ねてきた。木綿布子に編笠をかぶり、脚絆草鞋ばきだ。一見して、遠道してきたことがわかる。

彼は編笠をとって、台所へはいった。おりから夕餉時なので、多くの奉公人たちが、広い台所内を右往左往している。忙しさにまぎれて、一人も彼に注意する者がない。

男はしばらく土間につッ立って誰か見知り人をさがす風だったが、やがて草鞋をぬぎ編笠をもって、台所から奥の間へ、様子が知れないままに、そろそろとあるいて行った。

裏方から奥の間への入口には、仕切があって番人がたっている。実直そうな老人だ。ふだんならば厳しく、人の出入りを誓《いまし》めるのだがうっかりしている。お家の大変に老人も、心がうつけてしまっているのであろう。

「ちょと、お尋ねいたしますが」

男は老人に、声をかけた。

「奥方様は、いずこにおわせられまする」

老人はびっくりして、

「奥方をおたずねなされるか。それは、相成らぬ」

老人はむずかしい表情で、首を横にふった。百姓風情が、飛んでもない、という顔色だ。

「怪しき者では、ござらぬ。家中の者で関ヶ原から、緊急の用件でまかり越した。奥方様へ、お取次下さい」

「えッ、あの戦場から。……して、お名前は何とおっしゃる」

「進藤三左衛門尉源正次。主君の御馬廻を勤めております」

三左衛門は新参だから、宇喜多家のような大藩では、顔も名前も知られてはいない。

「では、少々お待ちを」

老人はそそくさと、奥の間へ駈けて行った。しばらくして老人とつれだち、奥方づきのお局《つぼね》が、これも急いでやってくる。四十ばかりの老女だ。眉を落し鉄漿《かね》をつけ、打掛を羽織っている。

進藤を見ると、小腰をかがめて、

「いかなる御用で、ございましょうか」

三左衛門は廊下にかた膝をつくと、編笠の緒によりあわせた秀家の手紙をときほぐし、老女の手に渡した。

お局はその文面を一目見るなり、さっと顔色をかえた。

「秀家が、生きている」

そう知ったばかりで、彼女の手がワナワナと顫《ふる》えだしてくる。お局は物も云わず、奥へ走って行った。

老女は金包みをもって、間もなくひっかえしてきた。ひどくあわてている。まるで秀家が敵に追われて、近所へ遁げこんででも来ているみたいだ。

「あ、あの、宜しく申上げて下さいまし。お、奥方さまも、お喜びでござります」

老女は吃《ども》りながら、老人の聞くのをはばかるように、三左衛門の耳もとにささやいた。

金包みには慶長小判が、二十五枚あった。奥方の手文庫から、とりあえずそれだけ、取出してきたものとみえる。

三左衛門は金包みを袋に入れ、首にかけて懐におさめた。

「これから、夜道をかけて戻ります。卒爾《そつじ》ながら、夕飯の馳走にあずかりたい」

「あ、それは、心づきませんでした。さ、どうぞ、どうぞ」

老女は彼を厨房へみちびくと、台所頭に命じて、酒肴や食事を用意させた。

「奥方様は愕《おどろ》きのあまり、お気もそぞろでいられます故、これで失礼申上げます。ごゆっくり、お召しあがり下さい」

お局は三左衛門から、詳しい話を聞こうともせずに立去った。奥方もお局も、秀家の生きている事実に、すっかり気が顚倒しているらしい。

百万石の加州の姫君ならば、さもあろうと思われる。それにしても三左衛門は、大名の夫婦仲と普通人の家庭との相違を、考えないでいられなかった。

三左衛門は夜通し歩いて、翌朝琵琶湖尻の大津の浜についた。そこから米原、長浜方面に舟便がある。彼は歩き疲れていたし、金もたっぷりあるので、舟に乗ろうかと考えた。大津の城には、家康が二十日から滞在していた。輝元との折衝がかたづき、彼が大坂城をたちのき次第、その後へのりこもうとして待機しているわけである。

家康にしたがう数万の軍兵が、大津から醍醐、山科の辺までみちみちている。その盛んな軍容に接すると、伊吹山麓の農家にひそみ隠れている、秀家の孤影悄然とした姿と思いあわせて、三左衛門はおのずと心が動揺した。

家康はこれから、天下人だ。近畿の諸大名は申すにおよばず、公家、僧侶、神主、地下の富豪らがひっきりなく、我も我もと家康の御前に伺候する。朝廷からも、勅使が下される。

彼の威風に、草木もなびくとは、この事であろう。関ヶ原の一戦を境にして、世の中の形勢がはっきりと変わってしまった。今後豊臣の遺臣らが、抬頭する機会は絶無にちかい。威容をはる徳川の麾下のうちには、勝利の余勢をかって、一挙に大坂城を屠《ほふ》ろうとする気運さえ動いている。そしていずれ世の中は徳川一家の手に帰するに相違ない。

三左衛門は徳川の威勢をまのあたりにみて、その将来を疑わなかった。すると、秀家などに心中立している自分が、急に阿呆らしくなってきた。落ちぶれた秀家に、献身してみたところで、何の利徳にもならない。

「それよりも、この懐の金をもって――」

我知らず、そうした誘惑におそわれる。黄金二十五両といえば、相当な大金だ。これを元手にすれば、どんな世渡りでもできる。

彼がせっかく、伊吹山麓に戻っていっても三日ばかり留守している間に、秀家はつかまっているかもしれない。或いは、殺されているかも分らぬ。そんな所へ帰ってゆくのは、むだなことだ。

三左衛門は自分をなっとくさせるために、いろんな口実を考える。彼は舟の渡し口へつづく道を、ゆきつもどりつした。

「俺は、新参者だ。譜代、大身の人々でも、秀家をすてて走った。彼らにくらべれば、俺はとにかく、主君に充分義務をつくした。今遁げたからとて、それほど恥じることはない」

しかし、いざ決意しようとすると、心がにぶった。

秀家にすすめて、奥方に手紙を書かせたのは三左衛門である。大名そだちの秀家は、そのようなことに気がつかない。

三左衛門は奥方から路銀をもらい、秀家を薩摩に落してやるつもりであった。薩摩の領主島津義弘は、関ヶ原で千五百の兵を十余人にうちなされ、命からがら本国へ落ちていったが、なお家康に屈服しない唯一の大名である。彼ならば秀家を、こころよく庇護してくれるであろう。

三左衛門は秀家と、そのような相談をとりかわして、大坂へやってきた。秀家はきっと一日千秋の思いで、彼の帰りを待ちわびているに相違ない。

秀家は今では、三左衛門をたよりにしなければ、生きてゆけなかった。三左衛門にとり残され、捕吏にとりまかれた山麓で、一人日夜を戦々兢々としながら、おくっていることであろう。そういう秀家を見捨てるのは、誰を裏切るよりも罪ふかい。

ふと気がつくと彼は、渡し口からひきかえして、街角にたたずみながら、眼の前を通る諸侯の行列を、茫然とながめていた。

これも家康に参覲する、両股大名の一人である。すると三左衛門の胸に、熱い塊りが不意につきあがってきた。

「黄金二十五枚で、武士が捨てられるか」

彼は舟へのることをやめて、街道をやにわに歩きだした。舟にのって万一難破するようなことがあっては、秀家にたいする志が無になるからである。

三左衛門はその日のうちに、五右衛門の家についた。大坂から三十里前後の道のりを、昼夜一日で歩きとおしたわけである。

秀家は意外にはやい三左衛門の参着を、手をとらんばかりにして喜んだ。大坂屋敷の話をすると、眼に涙をたたえて聴いている。ついに姿を見せなかった、彼の奥方については、

「それでよい。そちに会ってわしの話をきくのが、あれには恐しかったのであろう」

秀家は妻を弁護しながら、暗い顔をした。

「戦に負けると、妻にさえうとまれる。わしはもう、この世の廃《すた》れ人だ」

そういう憾《うら》みが、言外にあふれていた。

翌朝主従は、駄馬をやとって、山麓の隠れ家を出立した。彼らをかくまってくれた五右衛門には、小判二十枚を礼においた。命を賭けてくれた五右衛門の志を思うと、それでもすくないくらいである。

秀家は編笠をかぶり、合羽で身をつつんだ。その姿で馬に乗っているところを見ると、京のぼりの田舎人である。武将の落人とは、誰の眼にもうつらない。

三左衛門が蓑笠姿で馬の手綱をひき、日暮時大津の宿を通りすぎた。沿道に充満している徳川の軍兵も、旅人の群れにうちまじった主従を怪しまなかった。彼らは一、二日後にせまった、大坂入りにきおいたっていた。

二人は大津から伏見へ出て、淀川下りの舟に乗った。大坂へつくと都合よく、西国へ帰る便船がある。

三左衛門は黄金二枚で、その船を買切り、秀家を乗せた。

「よそながらでも、お屋形を見舞ってお出なさいますか」

三左衛門は念のために、秀家に問うてみた。

「いや、未練がましくなるから、よそう」

秀家がそう決心しているのは、幸いであった。大坂には秀家を見知っている者が、大勢いる。見つけられたらそれまでだ。

「それでは船頭どもに、よくいいつけておきましたから、薩摩につかれましたら、必ず御状を下さい」

三左衛門は不時の用意にもと思って、残りの黄金二枚を秀家に手渡した。秀家は金をつかったことがない。二両の小判が、どれほどの値打のものであるかも知らぬ。

そのように心許ない秀家を、ただ一人薩摩へ落してやるかと思うと、三左衛門は涙がせきあげてきた。

「何処までも、お供申したくはございますが、いささか考えがありますので、これでお暇申しあげます」

三左衛門は浜辺に両手をついて、じっと頭をたれた。

「わしは西国の旅は、よく心得ておる。少しも懸念するには、およばない」

秀家は朝鮮出征の際、たびたび九州へ渡ったので、元気よくそう云った。

彼は一人になっても、近畿をはなれれば、虎口を脱出した思いがするのであろう。

「三左、そちの志は、忘れない。これが、今生の別れになるやもしれぬ。ずいぶん堅固で暮すがよい」

秀家は舳の上から、砂浜にうずくまっている三左の姿を名残り惜しそうに見下した。敗戦の十五日から十日ばかりの間に、秀家はみるかげもなく痩せおとろえて、くりくりとした両眼だけが、暗く大きく睜《みひら》いている。

「中納言様にも、お身おいとい遊ばされますよう……」

三左衛門は涙につまった声を、ふるわせて叫んだ。廃れ人となった秀家を、中納言とよぶのは、彼が最後である。秀家は顔をそむけた。

秀家がぶじに薩摩についたじぶん、三左衛門は本多正純のところへ、秀家は伊吹山で死んだと訴えてでた。

正純は父正信におとらぬ、当時の利け者である。彼の舎弟の政重が、秀家につかえていたので、三左衛門はその縁にたよった。正純は、

「それには何ぞ、証拠があるか」

と三左に問うた。

「宇喜多家の宝刀、鳥飼国次の脇差を、土地の百姓どもが、奪ってにげました。あのあたりの在所在所を、ご穿鑿《せんさく》下さらば、その行方が知れましょう」

正純も相州伝来といわれる、鳥飼の刀を知っている。それで三左衛門を案内者にして伊吹山麓の農村をさがすことになった。

三左衛門は幕府の家人をつれ、これぞと思うあたりを尋ねまわった。三日目に、山中の一軒家にゆきあたった。茅萱《ちがや》ぶきの傾きかかった、破れ小屋である。

家の中で三十前の若い女がただ一人、麻をつむいでいた。その麻を入れた桶の中に、刀がつッこんであった。取上げてみると、国次である。黄金づくりの拵《こしら》えは、とりはずして売ったとみえ、鞘ばかりだ。

「この刀は、どうした物だ」

三左が女にきいた。

「貰いました」

「誰に？」

「若い、お美しい、大将のようなお侍からです」

女はそう答えて、こころもち顔を赧《あか》らめた。この女も身なりは汚いが、色白で黒眸が美しかった。山間にはままこうした器量の女がいる。

「貰ったのではあるまい、むりに、奪いとったのであろう」

「いいえ、隠してあげたお礼に、いただいたのです」

女は強情をはった。

「なぜ、隠したのだ」

「主人の仲間が大勢で、落人たちを、殺そうとしましたから」

「お前の主人は、今どこにいる」

「十日ほど前に、急病で亡くなりました」

「隠した人のことを、お前は主人に云ったか」

「何も申しません。刀は拾ったと云いました」

「どうして、主人にまで隠す?」

女はうつむいて答えない。

「偽りを申すと、女とて容赦はならぬぞ」

三左衛門は、女をおどかした。

「好きだったからです」

女はそう云うと、ついと顔をあげて、三左衛門をまともに見た。その表情に、もはや危惧の色はない。三左衛門は自分のほかに、もう一人秀家を助けた者のあることを知って、何も云わずにうなずいた。

男は多門伝八郎

中村　彰彦

中村彰彦《なかむらあきひこ》（一九四九〜）

昭和二十四年、栃木県に生まれる。東北大学国文学部卒業。文藝春秋の編集者を経て、作家活動に入る。平成五年『五左衛門坂の敵討』で第一回中山義秀賞を、翌六年には『二つの山河』で第百十一回直木賞を受賞した。会津に深い関心と愛情をもち、数多くの会津物を執筆している。

一

江戸城本丸は、総面積三万四千五百坪の規模を誇っている。政庁である表御殿、将軍が日常生活を送る中奥《なかおく》、妻妾と奥女中たちとの住まう大奥をふくめた建坪は、約一万一千坪である。

この本丸御殿に登城してくる者たちを監察するのは、

「御目付《おめつけ》」

と呼ばれる二十四人の旗本たちの仕事であった。

その衣裳は黒紋付と定められているが、かたびらは真麻、麻裃《あさがみしも》も生麻と限られていて、いたって質素な装いである。

その姿で騎乗した目付たちは、役高をふくめて一千石の禄高《ろくだか》にしたがい、侍四人、槍持《やりも》ちと挟箱《はさみばこ》持ち各ふたり、馬の口取り、草履《ぞうり》取り、中間《ちゅうげん》各ひとり、計十一人の家来たちにかこまれて登城するならいであった。

下馬して家来たちと別れ、大手門をくぐった目付は脇目も振らず表御殿玄関へすすみ、帯刀のまま式台へ上がる。

その正面、遠侍《とおざむらい》の間の唐松に獅子《しし》の障壁画を背景にうずくまっている下役たち――御徒《おかち》目付組頭と御徒目付たちに出迎えられた目付は、かれらの差し出す届け書き（日報）を受け取りながら城内保安の状況を聞き、表坊主に先導されて入側《いりがわ》を左手へむかう。

その右手、徒士《かち》番所の虎の間を通り、その北隣りにあたる表書院番所の竹に虎の障壁画の前でひとつ咳《せき》ばらいし、暗に登城を知らせた目付は、その後いかなる者と擦《す》れ違っても挨拶《あいさつ》をしない。蘇鉄《そてつ》の間を抜けて右に折れ、左折を二度くりかえして「御目付方御用所」に入ると、ようやく佩刀《はいとう》を脱し、宿直《とのい》の当番と交代して執務に入るのである。

しかし、元禄十四年（一七〇一）三月十四日に限っていえば、大手門をくぐって作法通りに登城してきた目付はひとりもいなかった。

この日は本丸白書院において五代将軍徳川綱吉出座のもとに、東山天皇からの勅使柳原権《ごんの》大納言資廉《すけかど》と高野権中納言保春《やすはる》、霊元《れいげん》上皇からの院使清閑寺《せいかんじ》中納言熙定《ひろさだ》に対する勅諭《ちょくゆ》奉答の儀がとりおこなわれることになっていた。四つ刻《どき》（一〇時）までには譜代以上の大名たちも大紋烏帽子《だいもんえぼし》の礼装で続々と登城してくる予定であったから、二十四人の目付たちは前夜から城中に泊りこんでこの日の朝を迎えたのである。

目付のつめる部屋は表御殿ほぼ中央の御目付方御用所、それとは小十人番所と檜《ひのき》の間をはさんで北側の御目付部屋、そして東側の三重櫓《やぐら》を望むもうひとつの御目付部屋の三つだが、宿直の当番は久留十左衛門《くるじゅうざえもん》と近藤平八郎、この日の当番は多門伝八郎《おかどでんぱちろう》と大久保権左衛門と定められていた。

ふたつの御目付部屋に別れて朝食を摂《と》ったかれらが麻裃姿で御目付方御用所にゆくと、茶を運んできた表坊主がうやうやしく頭を下げて告げた。

「御用意、できましてござる」

「うむ、では御当番ゆえ、それがしから頂戴いたす」

髷《まげ》を高く突き立てた形の本多髷に結《ゆ》って月代《さかやき》をひろく剃《そ》っている多門伝八郎は、誰にともなく一揖《いちゆう》し、静かに立ち上がって下部屋へむかった。

下部屋とは、浴室をさすことばであった。目付はいつ将軍に呼ばれるか分らないから、つねに五体を清潔に保っておく必要がある――そのような考え方から、目付たちには登城後ただちに下部屋へ行って沐浴《もくよく》することが許されている。

伝八郎につづいて大久保権左衛門、久留十左衛門、近藤平八郎と順次入浴して剃毛《ていもう》をおわったころ、相役《あいやく》の天野伝四郎、鈴木源五右衛門、曾根五郎右衛門らもやってきてこれにならった。

その相役たちの顔を見るともなく眺めながら、

(本日は、まだ四十代のおれがますます奮発せねばならぬ巡り合わせのようだな)

と多門伝八郎が考えたのは、久留十左衛門は五十一歳、近藤平八郎は五十九歳、天野伝四郎は五十七歳と髷も白髪《しらが》になっている者が多かったからである。

対して伝八郎自身は、まだ四十三歳。小十人頭から目付に抜擢《ばってき》されたのは五年前のことだが、年少とはいえその後から目付となった者も少なくないので、もう古株といってよかった。

「あの剣かたばみは喰えぬやつじゃ」

伝八郎の家紋に事寄せてそう陰口を叩《たた》く目付仲間もいたのは、かれが謹厳実直を絵に描いたような硬骨漢だったためである。

たとえば年長の目付が御用所で煙管《きせる》を喫《す》おうとすると、伝八郎は濃い眉《まゆ》を寄せ、顎《あご》の張った男臭い顔だちを向けていった。

「御同役、煙草が時として失火のもととなることは御存知でありましょうな」

「う、うむ」

「なれば何年何月何日何刻、御用所にて一服いたせし目付はなにがしなり、と一筆認《したた》めてからお喫い下され」

「ど、どうしてさようなことを」

相手がなおも不審そうな顔をしていると、伝八郎は真正面からひたとその目を見据えて告げるのをつねとした。

「われら目付は、表火《おもてひ》の番頭《ばんがしら》をも支配いたす職務。そのわれらの御用所から万が一にも火を出して、表火の番頭以下が責めを負わされてはあまりにも不憫《ふびん》とは思い召されぬか」

時の権勢家は大老格の側用人柳沢出羽守保明《やすあきら》（のち吉保《よしやす》）であり、目付たちもかれにへつらう者たちとへつらわぬ者たちの二派に別れる兆《きざし》を見せていた。多門伝八郎は後者の代表と目されていたが、そのかれが五年間も目付の職をまっとうしてこられたのは、つねにこのような正論を吐いてためらわなかったからである。

二

その御用所にかなたから荒けない足音が響いてきたかと思うと、入口の杉戸が音を立てて引かれた。四つ半（一一時）に近い頃合のことである。

息を喘《あえ》がせてその場にへたりこんだ表坊主は、なにごとかと顔を向けた伝八郎たちに蒼《そう》白《はく》の顔を見せ、震え声で叫んだ。

「た、ただいま営中において、刃傷沙汰《にんじようざた》が出来《しゆったい》いたしました。御一同さま、松のお廊下へお急ぎ下さいまし！」

「落着け、たれとたれとの刃傷か」

白扇をつかんで立ち上がった伝八郎が、大声で訊《たず》ねる。

「はっ。斬りつけたのはどなたか分りませねど、斬りつけられて手疵《てきず》を負いましたのは吉《き》良上野介《らこうずけのすけ》さまでござります」

吉良上野介義央《よしなか》といえば、本日の勅使の饗応《きようおう》掛である播州赤穂《ばんしゆうあこう》藩主浅野内匠頭長矩《あさのたくみのかみながのり》、伊予吉田藩主伊達左京亮《さきょうのすけ》村豊を助け、接伴掛をつとめる高家《こうけ》筆頭の名族である。

(その接伴掛が斬られては、本日の勅諭奉答の儀はどうなる)

これは大変事発生、と瞬時に悟った伝八郎は、脱兎《だっと》のごとく御用所から飛び出していった。のこる六人の目付たちもそれにつづく。

しかし御用所から表御殿西はじを南北に走る松の廊下までは、一町十間(一二七メートル)以上の距離があるからもどかしいことこの上ない。右手の檜の間、紅葉《もみじ》の間、帝鑑《ていかん》の間、白書院の間の前を過ぎて桜の間から松の廊下へまわりこもうとすると、目の先の桜の間板べりから甲高い震え声が放たれた。

「早くお医者を!」

額から鼻の両脇にかけてを血に染めてそう叫んだ老人を、両脇から支えているのは高家衆の品川豊前守と織田能登守であった。それと認めた伝八郎は、この老人こそ疵つけられた吉良上野介と即座に判断。ふりかえって大久保権左衛門、久留十左衛門にかれをゆだね、そのかたわらにできている祭神輿《みこし》の輪のような人だかりにむかって突進していった。

その人だかりの中央には、両脇を背後から羽交《はが》い締《じ》めされた大紋烏帽子姿の色白の大名が、腰まわりを大勢に扼《やく》され、目を血走らせながらもがいていた。状況から見てこれが刃傷に及んだ者に相違なく、丸に違い鷹《たか》の羽《は》の大紋を着けていることから見て、本日の饗応掛のひとり浅野内匠頭に違いない。

浅野内匠頭は、意外なほど神妙な声でいった。

「身は乱心したのではござらぬ。お組み止めの儀はごもっともながら、もはや差し許して下され。打ち損じた上は、謹んでお仕置きを願いたてまつる」

それでもかれを羽交い締めにしている男は、なおも力をゆるめようとはしない。たまりかねたように、内匠頭はことばをついだ。

「拙者も五万石の城主でござる。場所柄をはばからざるは重々恐れ入りますれど、お組み止めにて乱れた官服を直させて下さらぬか。上《かみ》に対したてまつって何の恨みもござらねば、もはやお手むかいはいたしませぬ」

しかし、組み止めた肩衣半袴《かたぎぬはんこ》の大男は逆に怪力ぶりを発揮し、内匠頭を畳にねじ伏せてしまう。

「これは、梶川与惣兵衛《よそべえ》殿。あとはわれらに、お任せあれ」

将軍綱吉の生母桂昌院《けいしょういん》につかえる初老の旗本をたしなめた伝八郎は、近藤平八郎とともに内匠頭の動きを封じながら立ち上がらせ、大紋烏帽子の乱れを直してやった。

そこへ上野介の手当てを高家詰所にいた外科御典医《ごてんい》坂本養貞《ようてい》にゆだね、久留十左衛門と大久保権左衛門も息を切らして駆けつけてくる。四人は人混みを押し分けるようにして内匠頭を小十人番所むかいの蘇鉄の間に導き、その隅に屏風《びょうぶ》を立てまわしてかれを囲いこんだ。

そのころすでに、殿中で大騒動が勃発《ぼっぱつ》したことは大手下馬《げば》や桜田下馬に控える諸大名の家臣たちにも知れわたっている。主君の身を案じたかれらは、我先に玄関から中の口まで乱入してきた。

徒目付にそれを報じられた伝八郎は、簡潔に命じた。

「作事方に命じて松の板にこう墨書させ、ただちに各下馬に掲げさせよ。『浅野内匠頭儀、吉良上野介へ刃傷に及び候につき、両人とも殿中においてお糺《ただ》し中につき、諸供方《しょともがた》騒動いたすまじきもの也』とな」

この措置によって事件の概要が伝わったので、各下馬の騒ぎはようやく沈静にむかうことになる。

間髪を入れず伝八郎が老中、若年寄たちに事件を報じた結果、内匠頭には伝八郎自身と近藤平八郎が、上野介には久留十左衛門と大久保権左衛門が吟味役となって事の次第を糾明することになった。

伝八郎は内匠頭を大紋烏帽子の礼装から麻裃へ着更えさせ、蘇鉄の間とは御屏風部屋をはさんで西側の檜《ひのき》の間医師溜《だまり》に場所を移して訊問を開始した。内匠頭と正対した伝八郎、近藤平八郎のまわりを六人の徒目付がとりまき、いずれも緊張に顔を硬張らせている。

「御定法《ごじょうほう》の通りことばを相改めるにつき、さよう心得られよ」

と、伝八郎は白扇をつかんで問いかけた。

「その方儀、お場所柄をわきまえず上野介に刃傷に及びたること、いかが心得おる」

すでに興奮から醒《さ》めている内匠頭は、整った顔だちをむけて答えた。

「一言の申しひらきもござりませぬ。お上に対したてまつりましては何の恨みもござりませねど、上野介に対しては私の遺恨これあり、討ち果たさんと思いて前後忘却の上刃傷に及びましてござる。いかようのお咎《とが》めを仰《おお》せつけられましてもかまいませぬが、上野介を討ち損じたるはいかにも無念。上野介はいかが相なりましたか、どうかお教え下さらぬか」

上野介の背を襲った第一撃は五寸の疵を負わせたものの、驚いて振返ったその額への第二撃は烏帽子の鐶《かん》に当って薄手を与えたのみであった。伝八郎はすでにそれを知らされていたが、死を賭《と》した襲撃に失敗した内匠頭を哀れに思い、

「浅手とはいえ老人のこと、しかも面体《めんてい》の疵ゆえ恢復《かいふく》は心もとないことでござろう」

と答えた。

「されば御定法通り、お仕置き仰せつけ下され」

と応じた内匠頭の顔には、にわかに喜色が浮かんでくる。かれはふたたび蘇鉄の間にもどされ、きたるべき沙汰を待つことになった。

その間に伝八郎は、また蘇鉄の間へとって返した。内匠頭が囲われていたのとは正反対の隅でおこなわれた、上野介の訊問の結果を知るためである。

久留十左衛門、大久保権左衛門が口々に語ったところによれば、上野介はこう答えたと

いう。

「拙者、何の恨みを受ける覚えもこれなく、まったく内匠頭の乱心に相違ございませぬ。拙者は老齢でもあり、一体何を恨むと申すのやら」

伝八郎と近藤平八郎はかれらふたりをつれだって大目付の詰所へゆき、仙石伯耆守久尚《せんごくほうきのかみひさなお》、安藤筑後守重玄《しげはる》と相談の上、背中合わせの若年寄詰所へ行って吟味の結果を報じた。これは、目付が若年寄支配の役職だからである。

その間にふたりの大目付は老中小笠原佐渡守長重《ながしげ》に同様のことを報告したので、伝八郎たち四人の目付は小笠原長重と月番の老中土屋相模守正直《まさなお》のもとに請《しょう》じ入れられ、直接言上することを許された。

老中たちは、側用人で執政とも呼ばれている柳沢保明を介して綱吉に裁断を仰ぐことに決定。伝八郎たち四人はしばらく目付部屋に控え、他の目付たちは交代で上野介と内匠頭のもとに詰めるよう求めた。

その綱吉が最初に台命《たいめい》を下したのは、もう午後九つ半（一時）近い頃合であった。

事件が起こった時、綱吉はお湯殿で斎戒《さいかい》沐浴の最中であり、そのあとはお髪上《ぐし》げという段取りになっていた。それもようやくおわって衣冠束帯をまとう運びになった時、次の間に控えていた保明が膝行《しっこう》して告げたのである。

「ただいま松の廊下において、浅野内匠頭こと吉良上野介へ刃傷に及び、薄手を負わせておざりますれど、一命にかかわるほどの疵でもおざりませぬ。よってとりあえず内匠頭は取り押えさせ、上野介は介抱させてお廊下の穢《けが》れは清めさせておざりますれど、差し当り勅使饗応掛の後役《あとやく》をいずれに仰せつけましょうや。また、御勅答のお席はそのまま御白書院を用いさせるべきでしょうか。この段、おうかがいたてまつりまする」

初め驚愕《きょうがく》し、ついで憤怒に唇を震わせた綱吉であったが、ことは急を要するから狼狽《ろうばい》してばかりもいられない。保明と相談の上、下総《しもうさ》佐倉藩主戸田能登守忠真《ただざね》を新たな饗応掛に任命し、式場を黒書院へ変更することに決定。つづけて内匠頭は、奥州一関《いちのせき》藩主田村右京大夫建顕《たてあき》の屋敷に預けるよう命じた。

「で、吉良上野介はいかがいたしましょうや」

保明の問いに対し、綱吉は上野介がまったく抵抗しなかったことを確かめた上、お構いなし、と裁定した。

このため治療をおえた上野介は衣裳を熨斗目《のしめ》麻裃に着更えると、乗物で平河《ひらかわ》口から退出し、呉服橋の自邸へそそくさと帰っていった。

しかし綱吉の気持は、やはりそれだけでは収まらない。九つ半過ぎ、ついに命じた。

「内匠頭には即日切腹を命じよ」

しかし、同朋《どうぼう》（伝達役）の永倉珍阿弥《ちんあみ》からこの台命を聞いた伝八郎は、とても納得できなかった。

手落ちもはなはだしい)

（喧嘩《けんか》両成敗ということばもあるのに、上野介はお構いなし、内匠頭殿は即日切腹とは片手落ちもはなはだしい）

濃い眉をしかめた伝八郎は、ただちに若年寄たちのもとへ走って申し入れた。

「浅野内匠頭はかりそめにも五万石の城主、しかもその本家たる芸州藩浅野家は四十三万石の大身《たいしん》の大名でござれば、今日ただちに切腹とはあまりに手軽なお仕置きではござりますまいか。拙者は小身なれど御目付を仰せつけられております以上、上のお手抜きを申し上げずんば不忠の至りにつき、あえて申し上げます。内匠頭が家名を捨ててまでして刃傷に及びましたのは、乱心とは申せ上野介に何か越度《おちど》があったためかも知れませぬ。公儀あまりにお手軽なとりはからいと思われぬよう、内匠頭の切腹は大目付と目付の再吟味の後とし、それまでは上野介にも謹慎を命じられたく存ずる」

だがふたりの若年寄、稲垣対馬守重富《しげとみ》と加藤越中守明英は、異口同音に答えた。

「その方の申し立てはもっともなれど、この儀はすでに側用人柳沢出羽守さまが聞き届け、決着のついたことなのだ」

「出羽守さま一存の御決着であるならば、ますますお上に申し上げねばなりませぬ。このままでは、外様《とざま》の大名たちがどう思うかと考えただけでも恥ずかしゅうござる」

伝八郎が粘っているので、辟易《へきえき》した加藤明英は柳沢保明を訪ねてその言い分を伝えた。

しかし、もともと伝八郎の愚直なほどの硬骨ぶりを嫌っている柳沢は、冷たく宣言した。

「執政の者が聞き届けたる儀を再考せよとは心得がたし。その者には差し控えを命じよ」

三

はるか東方に三重櫓を見上げる御目付部屋に入った多門伝八郎は、なすすべもなく端座して瞑目《めいもく》しつづけていた。かねて顔見知りの表坊主が、多門家から届けられた弁当を運んできてくれたのはもう七つ刻（四時）過ぎのことであった。

「内匠頭殿はいかが相なった」

気になっていたことを訊ねると、表坊主は小声で応じた。

「はい。田村右京大夫さまにはお屋敷より目付ひとり、物頭《ものがしら》三人を騎馬で登城させました後、小姓組二十五人、徒目付ひとり、足軽三十人、三つ道具ひと組、乗物かき十五人、と都合七十五人もの多人数をつい先ほど桜田下馬まで差しむけておいでになりました。乗物は出合いの間まで進むことを許されましたのでそこで内匠頭さまをお乗せいたしましたが、乗物にはすぐさま錠が下ろされ、網がかぶせられた由にござります」

「ではその乗物は、いまごろはもう愛宕《あたご》下の田村邸にむかっておるのだな」

「御意でござります」

大手下馬先を出た一行は、八代洲河岸《やよすがし》、日比谷《ひびや》御門、桜田、愛宕下通りを抜けて神保《じんぼ》小路の田村邸表門を入るのだろう。

（物見高い野次馬どもの騒ぎを、内匠頭は暗い乗物の中でどのような思いで聞いているのか）

そう考えた時、伝八郎は内匠頭の色白面高《おもだか》な整った顔だちを思い浮かべ、そぞろ哀れを催している自分に気づいた。

やがて表坊主は室外に去り、東側の庭に面した障子は次第に明るさを喪《うしな》って日暮れ時が近づいた。

すると突然、同僚の大久保権左衛門が入室して伝えた。

「御老中秋元但馬守《たじまのかみ》さまのお召しでござる」

どうせ百日間の閉門を申しつける、とでもいうのだろうと無表情を装って出向くと、秋元但馬守喬朝《たかとも》は意外にも笑顔で伝八郎を差し招いた。その面前に膝行したかれは、本多髷を垂直に立てるようにして平伏する。

その耳には、天和二年（一六八二）以来二十年間も老中職にある老練な男のやわらかい声が響いてきた。

「その方、御執政に対し再考を申し立てるは心得違いもはなはだしいぞ。なれど、お役目を大切に考えて存知寄りをはばかりなく申し上ぐるはさもあるべきことなれば、もはや差し控えには及ばぬ。早々にまかり出て勤めをつづけるがよい」

伝八郎の知るところではなかったが、秋元喬朝は綱吉が内匠頭即日切腹の台命を下した

時、土屋正直、小笠原長重の二老中とともに、

「仰せごもっともなれど、内匠頭は乱心の体《てい》とも身受けますれば、暫時《ざんじ》処分の御猶予あってしかるべきではござりませぬか」

と申し入れた良識派であった。その後、かれは目付の中にも自分と同じことを主張した胆《はら》の据わった男がいたと知り、何とかその人物を助けようと画策していたのである。

「ではその方、これより新たなお役目を申しつける」

「ちとお待ち下さりませ。われらのお役目は、若年寄がたより拝命いたすが筋と申すもの」

伝八郎が頑固そうな顔をもたげていうと、

「よいのだ」

秋元喬朝は、温顔に微笑をにじませてつづけた。

「若年寄どもには、拙者から伝えておく。その方は大久保権左衛門とともに下総守《しもうさのかみ》の副使として田村邸におもむくがよい」

下総守とは、大目付の職にある庄田下総守安利《やすとし》のこと。検使として田村邸にゆくかれに従い、内匠頭の切腹を検分してまいれ、という意外な命令であった。

「はっ」

内匠頭殿にはおれができるだけのことをして差し上げよう、と考えながら、伝八郎はもう一度深々と頭を下げた。

庄田安利、多門伝八郎、大久保権左衛門の三人が麻裃姿のまま騎乗し、それぞれの家来たちにかこまれて江戸城大手門を出たのは、すでに七つ半（五時）近い頃合であった。それぞれの騎馬には、町奉行の同心も四人ずつ従っている。

桜田までゆくと、ところどころに田村右京大夫の家来である一関藩士が羽織白足袋姿で立っていた。かれらは、検使たちの一行が近づいたと気づくと順次屋敷寄りに走っていって、次の者にそれを伝える。

そのため、神保小路の田村邸表門に近づいた時には門前に早くも大かがり火が焚《た》かれ、家老と用人各三人ずつが紋羽織に仙台平の袴姿で出迎えに出ていた。その先導によって門《もん》径《みち》を玄関へ進むと、式台上には田村建顕自身が控えていて大書院に案内してくれる。

田村右京大夫建顕はこの時四十五歳。若き日より国学、儒学の研鑽《けんさん》に勉め、そのゆえをもって学問好きの綱吉に目をかけられていたため、外様三万石の小大名ながらこの日の大役を仰せつかったのだった。

検使一行に先立って到着した内匠頭は、乗物のまま出合いの間に通されたあと、小書院に案内されていた。部屋の襖《ふすま》すべてを釘《くぎ》打ちし、板を打ちつけ白紙を貼《は》った異様な部屋で、その片隅には仮りの雪隠《せっちん》すらもうけられていた。

建顕がこの書院の改造につい先ほどまで大わらわだったとは、検使たちはつゆ知らない。大書院上段の間に通った庄田安利は、下座に平伏した建顕に上意を伝えた。

「浅野内匠頭は、その方にお預けの上切腹と仰せつけられたゆえ、この旨申しわたす。用意相整う間、内匠頭に面談いたす」

庄田安利は、内匠頭自身にも上意を伝えようとしたのである。

「いえ、その前に」

とおなじ上段の間の左脇から伝八郎が口をはさんだのは、この時であった。

「切腹の場所を一覧、検分いたしたく存ずる」

右脇に正座していた権左衛門も、同意の印に大きくうなずく。すると庄田安利は、細い目で伝八郎に流し目をくれて横柄に答えた。

「すでに拙者が絵図面を一覧いたし、検分をすましたるにより、お手前がたが検分いたすには及ばぬ」

「おことばなれど」

と伝八郎は、いまや庄田の方に向き直ってつづけた。

「拙者は先刻まで差し控えを命じられて部屋におり、万端お手前がおとりはからいになりまして何も検分しておらぬがゆえにかく申すのでござる。なおまた後刻お話があるかと思えば、それもござりませなんだ。

さりながら、われら両名は副使なればお手前のみが検使というわけではござりませぬぞ。絵図も一覧いたさず、お仕置きおわりたるのちに何ぞ越度ありては申し訳が立ちませぬ。

一応場所を検分いたしてから内匠頭にお仕置きの趣をも伝達いたしたく存ずれば、押して検分つかまつる」

その堂々として理路整然たる口調に対し、庄田安利は田村建顕が面前にいるのも忘れたかのように声を荒らげた。

「大目付たる拙者が承知した以上、副使が差図するには及ばぬ。しかし目付に対して差図することも相ならねば、検分は勝手次第、すべておわってのちの言上も別々といたそうではないか」

この庄田安利は、二年前まで西の丸留守居役という月に三、四回登城すればよい閑職にあったのに、柳沢保明の推挙によって大目付に抜擢された人物である。この時五十二歳。

「それにて一向に異存ござらぬ」

伝八郎は平然と答え、権左衛門をうながして検分に立った。

ところが、——。

内匠頭切腹の座はいずれの室内かと思いきや、意外にも小書院庭先の白洲にしつらえられているではないか。切腹式場中央には四枚畳が白布におおわれ、その周囲には四間六間の矩形《くけい》に幔幕《まんまく》が張りめぐらされている。

愕然として目を瞠《みは》った伝八郎は、案内役の田村建顕を詰問した。

「ここが、お手前から大目付殿に示した式場でござるか。あるいは大目付殿の方から、この庭先を指定したのでござるか」

「は、はあ」

その怒りを解しかねている風情の建顕に対し、伝八郎は大きく息を吸って畳みこんだ。

「たとえ大目付殿の差図なりとも、五万石の一城のあるじが武士道のお仕置きを仰せつけられたと申すに、庭先で腹を切れとは心得がたい。いかに粗末な扱いとはいえ、座敷内に場を設けるのが常道であろう」

それを権柄《けんぺい》ずくの態度と受け止めたのだろうか、建顕は眉宇《びう》をひそめて言い返した。

「大目付衆へ申し立て、絵図面を御検分いただいてこれでよしとのおことばをいただいた以上、お手前のおっしゃりようこそ心得がたく存ずる」

建顕と言い争っていても始まらない。伝八郎は足迅《あしど》に大書院に引き返し、憮然《ぶぜん》とした顔つきで上座に座っている庄田安利に告げた。

「逐一検分いたしましたが、まことにもってのほかの仕度ぶりでござる。お手前の先ほどのことばでは万端遺漏なく用意したかのごとくでござったが、拙者どもといたしてはかような処置は認めがたいところでござる」

「すでに時刻なれば、検使のことは拙者に任せい」

庄田も立腹の面持で切り返してくる。

「ならば、後刻厳重に言上いたすがよろしゅうござるな」

「お勝手に召されい」

大目付がそこまで我《が》を張っては、もはや場所を改めさせているゆとりもない。

（内匠頭殿、何といたましい）

伝八郎が天を仰ぐ思いで呟《つぶや》いた時、なぜか入室の遅れていた田村建顕が駆けこんできて、庄田に問うた。

「ただいま浅野家家来片岡源五右衛門と名のる者がまかり越し、一目主人とのいとま乞いをさせてほしいと申しておりますがいかがいたしましょうや」

「それしきのこと、わざわざ検使にまで諮《はか》ることはあるまい」

こめかみに青筋を立てている庄田が、けんもほろろに言い放つ。伝八郎は、その後を引き取って答えた。

「いや、その件苦しからず。その者を無刀にいたし、右京大夫殿の御家来衆同席の上で対面させてつかわせば、その者が主人を助けたいと思っても何もできまい。一目会うくらいは今生の慈悲と申すもの、拙者がうけたまわりおくゆえ、たってお認め下されたい」

「思いどおりにいたせ」

なおも苦々しげながら庄田がしぶしぶうなずいたので、片岡源五右衛門は内匠頭のいる出合いの間に通されることになった。

そして、入相《いりあい》の鐘がどこからか伝わってきた暮れ六つ刻。庄田安利、多門伝八郎、大久保権左衛門の三人は、片岡源五右衛門を去らしめてから出合いの間にゆき、その上段の間に着座した。田村建顕とその家来たちは、下段の間の東側に正座する。

やがてはるか下座に控えさせられた内匠頭は、浅葱無垢《あさぎむく》の死装束に鼠《ねずみ》色無紋の麻裃という姿であった。つねよりも高い位置に結い上げられた茶筅《ちゃせん》髷の白元結は、左に四回巻かれている。これも、死を賜る時の作法であった。

正対した内匠頭を見つめた庄田は、おごそかに宣言した。

「その方このたび殿中において、時節場所ともに悪《あ》しき騒動をいたし、不調法至極につき赤穂城召し上げられ、切腹仰せつけられ候」

「今日の不調法なる仕方、いかようにも仰せつけらるべき儀を切腹と仰せつけらる、ありがたく存じたてまつり候」

内匠頭は顔色も変えずにうけたまわり、それからゆっくりと伝八郎に顔をむけて訊ねた。

「ところで、上野介はいかが相なりましたか」

伝八郎は、権左衛門と目と目で言いかわしてから答えた。

「疵は二カ所、浅手とはいえ老人のこと、ことに急所ゆえ養生のほどもいかがなものか。当人も痛みがはなはだしいと申していた由、恢復はおぼつかないのではあるまいかと存ずる」

むろんこれは、内匠頭の心情を思いやって大袈裟《おおげさ》に伝えたのである。それとも知らず内匠頭はにっこり笑い、頬《ほお》に涙を伝わらせながら気丈につづけた。

「では右京大夫殿、お場所へ御案内下され」

四

介錯《かいしやく》人は、徒目付の磯田武太夫《いそだぶだゆう》と定められていた。

わが差料で介錯していただきたい、と申し出て許された内匠頭は、切腹の座につくと筆《ひつ》硯《けん》と短冊とを所望。ゆるゆると墨を磨《す》り、その短冊に辞世を書きつけた。

もうひとりの徒目付がそれを受け取ると、こういう歌であった。


風さそふ花よりも猶我はまた春の名残《なごり》をいかにとやせん

それから内匠頭は、右手をゆっくりと目の前の三方《さんぼう》に載《の》った九寸五分に差しのべる。その時、

「やっ」

と磯田武太夫の気合が迸《ほとばし》り、内匠頭の上体は血煙を噴き上げながら前のめりにくずおれた。

磯田は切り口から血のしたたるその首を拾い、髻を鷲《わし》づかみにして検使に掲げる。

庄田が小さくうなずくと、その亡骸《なきがら》の上には紫色の布団が掛けられ、朱《あけ》に染まった白布の四枚畳には白張りの屛風が立てまわされた。内匠頭は、まだ三十五歳の若さであった。

検分をおえた庄田安利、多門伝八郎、大久保権左衛門の三人は、それよりただちに騎乗し、復命のため江戸城をめざした。

表御殿をまだ目付全員の居残っている御目付御用所へ入り、同朋の永倉珍阿弥をもって帰城を告げる。老中秋元喬朝からは、若年寄加藤明英とともに会う、と返事がきた。

三人つれだって秋元の部屋にゆき、まず庄田が何喰わぬ顔で報告した。

「内匠頭の切腹、とどこおりなくおこなわれましたことを見届けてまいりましてござる」

その厚顔な口ぶりに我慢ならなくなった伝八郎は、膝を進めて口火を切った。

「本日の扱い、まことにもって粗略でござりましたれば、ひととおり言上つかまつりたく存ずる」

「拙者からも、多門殿同様申し上げたき儀がござる」

日頃温和な権左衛門も加勢したので、秋元喬朝はふたりがただならぬ決意であることに気づいた。しかしかれは、一夜明ければ気持がおさまることもあろうと咄嗟《とっさ》に考え、おだやかに答えた。

「本日はことのほか夜も更けたことゆえ、御執政出羽守さまを介してその方らの申し立てを上さまにお伝えするのもはばかられる。すべては明日のことにいたせ」

そこへ中奥の綱吉からも、

「検使一同、大儀であった」

とのねぎらいのことばが達せられた。伝八郎も今日はこれまでと諦《あきら》め、表四番町の屋敷へ帰ることにした。

すでに夜五つ半（九時）になろうという時刻であったが、ほぼ満月に近い月の光が大手門の瓦《かわら》を濡《ぬ》らし、門外の地は異例にもこれから下城してゆく役人たちでまだごった返していた。内匠頭の死からもう一刻半（三時間）もたったとは、伝八郎にはまだどうしても実感できなかった。


明けて三月十五日の明け六つ刻、伝八郎が多門家代々の位牌《いはい》を飾る仏壇にむかって合掌し、あわせて内匠頭の冥福《めいふく》を祈っていた時であった。家司《けいし》のひとりが、仏間の廊下からその背に声をかけた。

「ただいま播州浅野家の内証用人兼小《こ》小姓頭《ごしょうがしら》片岡源五右衛門というお方が、若党、中間をつれまして玄関先にお見えでござる」

片岡源五右衛門といえば、昨夕田村邸にあらわれてあるじに一目合わせてほしいと願うのを、伝八郎が許してやった者ではないか。

「使者の間にお通しいたせ」

すでに登城用の麻裃を着けていたかれは、口迅《くちど》に命じた。

しかし、家司の答えは意表を突くものであった。片岡は主人の忌中でもあり、お咎め者の家来でもあれば式台に上がることははばかられる、恐縮ながら伝八郎の方から玄関式台までお出ましいただけないか、といっているという。

その殊勝な口上に胸を突かれたかれは、即座に玄関へむかった。

「これは多門さまでござりますか」

と玄関式台下から顔を上げた紋羽織姿の片岡は、水際立った男ぶりであった。かれは澄んだ瞳で伝八郎を見つめ、静かにつづけた。

「昨日は主人切腹の節、いとま乞いを願いたてまつりましたるところ御一存にてお許し下さいました由、おかげさまにて心残りなく主人に別れの挨拶をいたすことができました」

頭を下げた片岡の髷が妙にふわふわしているのに気づき、伝八郎はその髷は、と思わず訊ねた。

「いや、これは不調法な姿をお見せして汗顔の至り」

片岡は髻《もとどり》のない後頭部に手をやり、寂しそうにほほえみながら説明した。

昨日午前中大手下馬に控えていたかれは、掲げられた松の板を見てすわ一大事と知るや馬に鞭打って鉄砲洲《てっぽうず》の浅野家上屋敷へ疾駆。凶変を知らせる一方、みずから起草した第一報を速水藤左衛門《はやみとうざえもん》と萱野《かやの》三平に托し、早馬で国許へ出発させた。

その後田村邸で内匠頭と最後の対面を果たした後、遺体引き取りを命じられた内匠頭の弟浅野大学から連絡を受け、芝の泉岳寺《せんがくじ》におもむいて主君の埋葬に立ち会った。その時かれは、同僚の磯貝十郎左衛門とともに髻を断ったのだという。

「しかし、武士たる者がみずから髻を断つとは死を決したる証《あか》し。もしやお手前、内匠頭殿に殉死しようなどとお思いではあるまいな。殉死は幕府の御禁制でござるぞ」

「それは承知いたしております」

片岡はまた、ほほえみながら返した。

「何もあるじの追い腹を切ろうというのではござりませぬが、弊藩がお取りつぶしとならばわれら家臣一同は流浪の身となります。その時は、一度死んだつもりで世をわたらねば、という程度の意味合いでござる」

ところで御同役の大久保権左衛門さまにも一言お礼を申しのべたいのですが、住まいを教えてはいただけないか、と片岡は淡々という。伝八郎は、懇切に教えてからつけ加えた。

「殿中はなお騒がしければ、おそらく大久保氏《うじ》も拙者同様つねよりも早く登城いたすつもりであろう。急がれよ」

片岡は面体《めんてい》を紫縮緬《ちりめん》の宗十郎頭巾《そうじゅうろうずきん》でおおい、幾度も腰を折って多門邸を去っていった。

そのうしろ姿を目送した伝八郎は、

(あるじを喪いし武士《もののふ》とは寂しいものよな)

と独白せずにはいられなかった。

(それにしても、あのように主君思いの者がおるかと思えば、一方に庄田下総守のように武士の情も知らぬ大目付がおるとは)

そう考えた時伝八郎は、今日こそわが職を賭しても断々乎として庄田安利を問責してくれよう、と腹を固めていた。

五

この日の多門伝八郎、大久保権左衛門と老中秋元喬朝《とも》との会談は、のっけから荒模様になった。側用人柳沢保明がかれらふたりの訴えを一向に採り上げようとせず、

「それはもう済みたることゆえ沙汰に及ばず」

と庄田安利擁護のことばを伝えてきたからである。

その席にあらわれた庄田は、それ見たことかといいたげに、細い目をさらに細めて伝八郎を嘲笑《あざわら》った。

「お手前がた、昨日から今日までなおも内匠頭の切腹場所を問題にしたがっておるようじゃが、今となってもお採り上げがないのじゃ。いい加減に無益の言上など諦めたらどうじゃ」

「これは異なことをうけたまわる」

腹に据えかねた伝八郎は、かたわらに突っ立っている庄田を睨《ね》め据えて声を励ました。

「たとえお採り上げがなくとも、お上に対しての風聞もよろしからざるこのような儀を申し上げねば、われら目付の面目にかかわる。不肖ながら、多門伝八郎は男でござる。ただいまよりは、われらの存知寄りをお上にお伝えできぬこと自体を問題にいたし、言上いたしつづける覚悟だ。お手前に口は出させませぬぞ！」

異例にも格上の者を老中の面前で叱咤《しった》した伝八郎は、いつか我知らず脇差に左手を掛け、右膝立ちになって満々たる殺気をあたりに放射していた。

「これ、多門、控えい。その方も殿中で刃傷に及ぶ気か」

秋元喬朝が珍しく語気を荒らげたので、はっとして伝八郎は我に返った。

かれのこのふるまいが仇《あだ》となり、その場で秋元との面談は打ち切りを宣言されてしまう。

(我ながら血の気の多いことよ)

伝八郎はなかば苦笑し、なかば失望しながら御目付方御用所へもどっていった。むろんこの時、かれは目付職から罷免されることを覚悟していた。

しかしこの頃、意外なところに伝八郎同様の激情を迸《ほとばし》らせていた人物がいた。赤穂藩の宗藩である芸州藩藩主浅野安芸守綱長《あきのかみつななが》。

綱長はこの朝、田村邸における内匠頭の非情な扱われ方を初めて知って激昴し、田村建顕に対し文書をもって強硬に抗議を申し入れたのである。

《昨日、分家浅野内匠頭儀、庭前において切腹の儀はいずかたよりお差図にてござ候や、承知つかまつりたく候。不届きの儀は申すに及ばず候えども、内匠頭と申す官名にてお仕置きの上は、五万石城主の格にてお咎めにはござ候間、その取り扱いもこれあるべしやと存じ候》

これによって田村建顕は、一気に近親者たちからも白眼視されるにいたった。非難の最先鋒《せんぽう》に立ったのは、建顕のいとこに当たる仙台藩主伊達陸奥守《むつのかみ》綱村《つなむら》。

「たとえ大目付の差図にても、一城のあるじたる者を平士《ひらし》のごとく庭先にて切腹させるとは、武士の風上にも置けぬ」

と憤激した綱村は、この日のうちに建顕に対して義絶を宣言してしまった。

さらに一夜明けて三月十六日、――。

平常どおり登城した伝八郎に、永倉珍阿弥が伝えた。

「御老中秋元但馬守さまには、若年寄衆列座のうえ、こなたさまにお糺しいたしたき儀があると仰せにござります」

「相分った」

と答えながらも、かれは昨日おれが脇差に手を掛けた一件を問責しようというのだな、と即座に思い、腹をくくって珍阿弥の後に従った。

しかし予想もしなかったことに、伝八郎が案内されたのは、中奥と大奥の境にあたるお錠口《じょうぐち》すぐ脇の薄暗い大きな部屋であった。このようなところに表の役人を引き入れるのは、襖の陰に綱吉自身がひそみ、これからおこなわれる問答の結果をみずから裁定しようと考えているに違いない。

やがて庄田安利、大久保権左衛門も入室し、つづけてやってきた若年寄たちがその両側に位置を占めた。上座に着座した秋元喬朝は日頃よりも格段に大きな声で、昨日における芸州藩主浅野綱長と仙台藩主伊達綱村の田村建顕に対する動きをひとわたり説明した。

(ほほう、伊達家が右京大夫殿を義絶したとは)

それを初めて知り、伝八郎がしきりに感心していると、ふたたび秋元の声が通った。

「当日の検使と副使の三人に相訊ねる。その方らも田村邸におもむいた時、内匠頭があまりに粗略に扱われていると気づいておったのか」

「お答え申し上げまする。さようなこととは、拙者はまったく心着《づ》きませなんだ」

庄田安利は臆面《おくめん》もなく答え、悠然と一揖する。

(この、柳沢の腰巾着め。この期に及んでまだ白《しら》を切るか)

伝八郎は意を決し、秋元喬朝の温顔をひたと見つめて口をひらいた。

「当日、拙者とこれなる大久保権左衛門とは庭先に切腹式場をしつらえるとはあまりに粗略な扱いと驚き、田村右京大夫殿にもさよう注意をうながしてござる。されど右京大夫殿におかせられては、これは大目付殿も御承諾したところと弁駁《べんばく》いたしましたので、庄田下総守殿にも場所を室内に改めるよう進言いたしました。されど下総守殿にはわれらのことばをお聞き入れ下さらなんだので、いずれお上にはことのほか粗略の扱いであったと言上いたす、と念を押してから、われらは切腹を検分いたしたのでござる」

「大久保よ、しかとさようか」

「まったくそれに相違ござりませぬ」

権左衛門が力強く応じたので、庄田はにわかに顔色を失い茫然《ぼうぜん》たる目つきになった。

「ところで多門よ、当日その方、片岡なにがしと申す浅野家家来に対し、一存にて内匠頭との面会を許したと聞くが、それに相違ないか」

「たしかに、拙者の一存にてさようとりはからいましてござる」

それがどうした、といわんばかりに伝八郎は胸を張って答える。

「よし、本日の審問はこれまでといたす」

秋元喬朝が手にしていた白扇を帯に差しこんだ時、襖のむこう側から袴のざわざわいう音が伝わってくるのをたしかに聞いた、と伝八郎は思った。

六

それから丸二日間は、何の沙汰も下らなかった。庄田安利は多門伝八郎、大久保権左衛門と廊下で擦れ違いそうになると、鼻白んだ顔つきになってそそくさとあらぬ方角へ姿を消すのをつねとした。

三日目の十九日に登城してしばらくたった時、伝八郎はようやくふたつの沙汰が下ったことを知った。

《庄田下総守儀、思し召しこれあり御役御免、寄合仰せつけらる》

《梶川与惣兵衛儀、去る十四日、浅野内匠頭吉良上野介に刃傷に及び候節、組み止め候段神妙に思し召され、よりて御加増して五百石下し置かれ候》

「拙者めへのお沙汰は下りませなんだか」

そう告げてくれた若年寄加藤明英にむかい、伝八郎はいぶかしげな顔をして訊ねた。

「いや、何もない」

「はあ」

伝八郎は、妙なこともあるものだ、と思いながら若年寄部屋を退去した。かれは覚悟していたのである。時の権勢家の腰巾着に対してあそこまで激越な態度をとり、その職を奪った以上、きっと自分も火の粉を浴びて左遷されるであろう、と。

月が改まって四月三日、綱吉自身が、

「庄田下総守は役を免ずるが、多門伝八郎はそのまま」

と声も高らかに裁定したと聞いた時、それまで気が張りつめていた伝八郎は、にわかに腹から力が抜けてゆくのを覚えた。

この月の内に吉良上野介はおのれの評判の悪さを気に病んで御役御免と隠居とを願い出、せがれ左兵衛の家督相続を許された。

さらに夏が過ぎ、秋がきて、十一月二十三日の夕刻七つ刻（四時）、――。

伝八郎はその下役の徒目付と自宅で用向きの打ち合わせ中に、ふたたび片岡源五右衛門の訪問を受けた。すでに四月十九日に赤穂城は開城となり、浅野家家臣たちは各地に離散したと聞いていたから、これは思いも寄らない出来事であった。

早速使者の間に通して面会すると、ぶっさき羽織にたっつけ袴の旅装姿の片岡は、涼やかな面差《おもざし》になつかし気な笑みを浮かべて久闊《きゅうかつ》を叙《じょ》した。

「これは多門さま、お久しゅうござります。主人切腹の折りは格別の御厚情を賜り、まことにかたじけのうございました。されどその後の風聞によれば、こなたさまの御一存にて拙者に主人との面談をお許し下さいましたことが幕閣中で問題となった由、拙者もお案じ申しておりました。

しかしただいま在所より出府いたしましたところ、庄田下総守さまは御役御免ながらこなたさまにはお勤め御安泰と知り、まことに喜ばしく存じてまかり出た次第。これはまことにつまらぬものではございますが、われら旧赤穂藩士どもの気持でござる。まげてお納め下さりますよう」

　そういって片岡が伝八郎の膝前にすべらせたのは、大きな桐箱であった。かれは、わざわざ赤穂特産の塩を抱えて訪ねてきたのである。

　礼を述べた伝八郎は、片岡がまた髷を結《ゆ》っているのに気づいて何気なくいった。

「もうあれから、お手前がふたたび結髪できるほどの月日が流れたのですな」

「さよう、……」

　片岡は、目鼻立ちのしっかりした男らしい顔に一瞬ためらいの色を刷《は》いた。だが、思い直したようにつづけた。

「拙者、もはや二君に仕えぬ覚悟にござれば、来春より町人となるつもりでござる。町人となればこなたさまに御機嫌うかがいに参じることもはばかられますので、その前にせめてもう一度だけ御挨拶いたしておかねば、と存じてお邪魔いたしました」

「痛み入ります」

　もはや会えない、という片岡の言外の思いをしみじみと受け止め、伝八郎は胸を熱くして答えた。

　片岡源五右衛門のこの不意の来訪が、実は町人となる決意を告げるためのものではなかった、と伝八郎が気づいたのは、それから一年以上を閲《けみ》した翌年十二月十五日午後のことであった。

この日のまだ夜明け前、霏々《ひひ》として降りしきる雪の中、本所松坂町《ほんじよまつざか》二丁目の吉良邸を不意討ちした旧赤穂藩士四十七名は、上野介の首級《しゆきゆう》を挙げて亡《な》き内匠頭の無念を晴らすという快挙をなしとげていた。片岡源五右衛門もこの快挙に加わっていたばかりか、

「ただいま、主人の仇上野介を打ち取ったり！」

と北隣りの土屋主税《ちから》邸にむかって第一声を発する名誉の役目をになったという。

家司からそう告げられた時、

（ああ、片岡殿の昨年十一月の突然の訪れは、生還を期さぬ討入りに加わる覚悟を決めて、それとなくおれに今生の別れを告げにきてくれたのであったのか）

と思って、伝八郎は感無量であった。

その時急に、片岡が髻の消えた頭に手をやり、ほほえみを浮かべた光景が脳裡《のうり》をよぎり、伝八郎は、あっ、と声を挙げた。

（たしかに片岡殿は、内匠頭の切腹当夜、泉岳寺の墓前で髻を断ったといっていた。ああ、片岡殿は、あの時すでに死を決して主君の仇を報じようと覚悟しておられたのか）

つと奥に入った伝八郎は、妻女に命じて片岡が手ずから持参した塩の箱を持ってこさせた。

「もう半分ほどしかありませんが」

という妻女に、かまわぬ、と短く答え、伝八郎は右手を差しのべてその真っ白な塩をひとつかみ掬《すく》い上げる。そしてやおら口にふくむと、塩辛い味が口腔一杯にひろがった。

「どうなされました」

怪訝《けげん》そうなまなざしをむけてくる妻女に、伝八郎は濃い眉の下の双眸《そうぼう》を潤《うる》ませながら答えた。

「この桐の箱を、捨ててはならぬ。この箱は、今日より多門家の家宝だ」

明けて元禄十六年二月四日、赤穂義士たちの切腹はお預け先の四つの大名屋敷で一斉におこなわれた。四家には荒木十右衛門、杉田五左衛門、鈴木二郎左衛門、久留十左衛門の四人の目付がひとりずつ派遣されたが、伝八郎は指名されなかったので通常の勤めに服していた。

高輪《たかなわ》の細川邸お預けの十七士にふくまれていた片岡源五右衛門は、元家老大石内蔵助《くらのすけ》から四番目に名を呼ばれ、従容《しょうよう》として白刃のもとに頭《こうべ》を差しのべたという。

ひそかにその菩提《ぼだい》を弔《とむら》いつづけた伝八郎は、この年の十二月二十三日から火の口番をつとめた。これは目付の中でも、定火消《じょうびけし》、大名火消、町火消を監督する武門名誉の役職である。

しかし、伝八郎はこの職に長くはとどまらなかった。

あくる宝永《ほうえい》元年（一七〇四）になると、従来十五組と定められていた定火消を五組に減じるという動きが幕閣中にあらわになった。ひるがえって昨元禄十六年十一月二十九日には、小石川の水戸藩邸から出火。本郷、下谷《したや》から本所、深川まで延焼するという、いわゆる、

「水戸さま火事」

が起こったばかりであったから、伝八郎はふたたび骨っぽいところを見せてこの案に猛反対した。

だがこのころ、元大目付庄田安利は失意のうちに死の床についていたが、側用人柳沢保明はこれまでの九万二千石から甲府十五万石へと出世して、ますます幕政を壟断《ろうだん》しようとしている。

「また、あの多門か」

柳沢が苦々しく思って断を下したため、伝八郎は六月二十六日、黄金三枚を下賜されたのと引き替えに火の口番を解かれた。

つづけて八月二日には、

《その務めに応ぜざるにより》

というとってつけたような理由で目付を罷免され、小普請《こぶしん》に落とされた。

小普請とは小さな工事の時のみお手伝いにまかり出、通常は無役ですごすことだから、

左遷中の左遷である。同時に役高の三百石も取り上げられたから、以後彼は元高の七百石のみで暮らすことを余儀なくされた。

さらに宝永二年十月七日には、これに追い打ちをかけるような指令がきた。従来の埼玉郡《ごおり》の知行地を多摩郡のうちに移す、というのである。元の知行地の田畑は上田《じょうでん》、新規のそれは下田《げでん》であったから、誰かの悪意が働いているとしか考えられない通達であった。

しかし伝八郎は一切不満を口にせず、これらの措置を甘んじて受けた。

浅野内匠頭を組み止めた功により、七百石を加増されて千二百石どりとなった梶川与惣兵衛が、

「今の知行地は近辺に川がなく交通に不便なので、今度はどうか川岸のある土地を下さりませ」

と嬉々として注文をつけ、大方の失笑を買ったのは記憶にまだ新しいところであった。

(武士《もののふ》の心は、石高などでは計《はか》れぬものぞ)

と信じている伝八郎は、そのゆえにこそ一言の文句もつけなかったのである。

「男は多門伝八郎」

新任の目付たちが、あくまでも内匠頭に同情を寄せつづけて節を曲げず、大目付までも解任に追いこんだ目付の鑑《かがみ》としてそう語りついでいることは、かれの耳にも聞こえてきていた。それだけで伝八郎は、もう充分であった。

　この多門伝八郎は、諱《いみな》を重共《しげとも》。その後さらに十八年間を静かに生きたこの硬骨漢は、享《きょう》保《ほう》八年（一七二三）六月二十二日に至って穏《おだ》やかに息を引き取った。享年六十五。男子に恵まれなかったかれの遺言は、幕臣神保家から養子に迎えた三左衛門に対し、

「今後は通称を伝八郎とせよ」

というものであった。

残された男

安部龍太郎

安《あ》部《べ》龍《りゅう》太《た》郎《ろう》（一九五五〜）

昭和三十年、福岡県に生まれる。久留米工専卒業。図書館に勤めながら、各誌の新人賞に作品を応募する。「小説新潮」新人賞に投じた「知謀の淵」が候補作になったのを機に、昭和六十三年「小説新潮臨時増刊号・時代小説大全集・勝者と敗者」に「師直の恋」を発表。作家デビューを果たす。代表作は『関ヶ原連判状』『信長燃ゆ』など。

一

書見台に向かっていた藤崎六衛門は、ふとみぞおちのあたりに激しい痛みを感じた。と同時に、背後から何者かに抱きすくめられたような不安に襲われた。

死の影のようである。腹の痛みは、切腹への怖れが起こした幻覚らしい。

六衛門は縁側に出て息をついた。

死ぬ覚悟はとうに定めていたはずである。だがその日が現実に迫ってくると、願っていたほど平静ではいられなかった。

筑後藩主田中忠政の勘気をこうむり、蟄居《ちっきょ》を命じられて十日目になる。最初の四、五日は、今日にも斬首か切腹の沙汰があろうと気を張りつめて待ちうけていた。だが日がたつにつれて緊張がとけ、生きたいという思いが頭をもたげていた。

「どうかなされましたか」

妻の佳代が声をかけた。

昨年の春に生まれた新之助を、細い腕にもて余すように抱いている。

「梅が咲き始めておる。時の流れは早いものだ」

六衛門は中庭に目をやった。節くれ立った梅の老木が、白いつぼみをつけ始めていた。

「この子の誕生祝いも、もうすぐですもの」

「近頃ようやくわたしの顔を覚えてくれた。これも蟄居の賜物かもしれぬ」

御普請方組頭《くみがしら》として工事現場を飛び回っている六衛門は、三日と家に居続けたことがない。これほどゆっくりしたのは、佳代を娶《めと》ってから初めてのことだった。

「前から存じていますよ。ねえ、新之助」

佳代は頬ずりをひとつして、新之助を差し出した。

六衛門はなれない手付きで抱き取った。驚いた新之助は、そっくり返って怒っている。強く抱けば押しつぶしそうだし、弱く抱けば取り落としそうだ。

「お義母さまとお昼の支度をしてきます。しばらくお願いいたします」

佳代は軽やかな足取りで炊事場に向かった。

二十歳になったばかりである。蟄居とはいえ、六衛門が家にいることが嬉しいらしい。髪を念入りに結い上げているので、うなじの白さが目についた。

「お前の親父《おやじ》どのだぞ。そう嫌がるな」

むずかる新之助を高々と抱き上げると、あごの張ったいかつい顔をほっぺに押し付けた。乳の甘い匂いがする。佳代と同じ匂いだった。

六衛門が蟄居を命じられたのは、昨年、慶長十九年（一六一四）の暮れに忠政が行った論功行賞に異を唱えたからだった。

百数十名の同志の署名と血判を集め、行賞の撤回を求める連判状を提出したのである。

その背景には筑後田中藩が抱える複雑な事情があった。

初代藩主田中吉政は近江の土豪から身を起こした男で、信長、秀吉、家康と仕えて、三河の岡崎城主となった。関ヶ原の戦いでは家康方につき、伊吹山中に逃れた石田三成を捕えた功により筑後三十二万五千石を与えられた。

吉政は慶長五年（一六〇〇）十一月に家臣団を引き連れて柳河城に入り、領国経営に手をつけたが、岡崎十万石からいっきょに三倍以上の所領を得たのだから、人手不足はおおうべくもない。

そこで筑後在住の浪人たちを召し抱えることにしたが、岡崎以来の譜代の家臣とでは当然待遇に差がある。そのために譜代の者たちと、地方衆《じかた》と呼ばれる地元採用の者たちの間に反目が生まれた。

しかも田中家には家督相続争いがあった。

吉政は慶長十四年（一六〇九）に六十二歳で死んだが、その前年に四男忠政を世継ぎとした。長男、次男はすでに亡く、三男康政は病弱のために、後継者として不適と見なされたのである。

康政はこれを深く恨み、次席家老の宮川大炊《おおい》と手を結んで藩主の座を奪おうと画策していた。

忠政の失政を幕府に訴えて藩主の座から引きずり下ろそうと、地方衆を裏から支援して対立をあおり立てていたのである。

大坂冬の陣も迫った昨年七月、譜代の家臣の一人が酒に酔って地方衆の藩士を無礼討ちにするという事件が起こった。

討たれた藩士には何の落度もなかっただけに、地方衆の者たちは斬った男を処罰するように忠政に求めた。だが忠政は頑として応じようとせず、これを支持する譜代の家臣と地方衆が鋭く対立する事態となった。

この争いは地方衆に同情的だった筑前藩主黒田長政が仲介に立ち、無礼討ちにした家臣の禄を削ることと、忠政を批判した地方衆を処罰しないという条件で和解が成った。

ところが九月になって幕府から大坂城攻めの陣立てを命じられると、忠政は地方衆にだけ重い負担を押しつけようとした。

幸い田中藩は九州の外様大名の抑えを命じられたために出陣には至らなかったが、冬の陣の和議が成った後、忠政は用意した軍用金を年末の論功行賞として譜代の家臣ばかりに分け与えた。

先の争いで地方衆の要求に屈したという負い目があったからだ。

これに対して地方衆からいっせいに反発の声が上がり、六衛門ら五人の藩士が中心となって連判状を作り、忠政に行賞の撤回を求めることになった。

六衛門は三十四歳という若さだが、御普請方組頭として五百石の禄を食《は》み、前藩主吉政の信頼も厚かっただけに、地方衆の中でも中心的な役割りを果たしていたのだった。

昼餉《ひるげ》を終えてしばらくした頃、佳代の父堀口久兵衛が訪ねて来た。

「今日は忍びじゃ」

編笠をかぶって玄関口に立った久兵衛は、素焼の酒瓶をぬっと差し出した。

「人の目もございましょうに」

迎えに出た佳代が、とがめるような目をした。

蟄居中の者を訪ねることは禁じられているのである。

「構うものか。たまには孫の顔でも拝まんことには、生き延びた甲斐もないわい」

久兵衛は右足を引きずって取っ付きの八畳間に上がり込んだ。足が不自由なのは、朝鮮の役で太股に鉄砲傷を負ったからだ。黒々と鬚をたくわえたあごにも、三寸ばかりの刀傷があった。

「お寒い中を、ようこそ」

測量術の本を読んでいた六衛門は、書見台を脇にずらしていろりの側に寄った。

いろりには熾《おき》が赤く燃え、天井から吊した鉄瓶から湯気が上がっていた。

「弱り果てているかと思えば、案外元気そうではないか」

「久々に休養をいただいたと思うております」

「これが休養で済めば、佳代や新之助のためにもありがたいが……」

佳代に聞かせまいと、炊事場の気配をうかがって声をひめそた。

久兵衛も地元の出身だが、田中家に仕える以前の素性は明らかではない。最初は百二十石取りの足軽組頭として採用されたらしいが、陰日向のない働きぶりを筆頭家老の田中大膳にかわれ、警固番組頭に取り立てられた。

今では譜代の家臣と同等の待遇を受けているので、今度の争いでは微妙な立場に立たされていた。

「奥の座敷に参りましょうか」

「構わぬ。今日は難しい話をするために来たのではない」

「恐れ入ります」

「だが、正直なところを申せば、近頃気になるのはそのことばかりでな。佳代は男手ひとつで育てたゆえ、行く末が気にかかってならぬ。大膳どのもこたびのことには頭を痛めておられてな。そなたたちが連判状さえ取り下げてくれれば、事を穏便に納める道も開けると申されておる」

「その儀でございますれば、もはや」

話すことは何もない。六衛門は素っ気なく言った。

久兵衛とはタイ捨流の同門で、剣の腕にも人柄にも一目置いている。佳代を嫁にもらったのも道場での付き合いがあったからだが、藩の大事を語り合うほどの相手とは思っていない。

それに六衛門には、誰にも本心を打ち明けられない事情があった。

「そなたたちの気持はよく分る。だが、これ以上意地を張り通しても、殿が論功行賞を白紙に戻されるわけがない。そのようなことをすれば、藩主としての面目が立たなくなるではないか」

「殿は先の和解の折に、地方衆の処罰はせぬと誓約なされております。それを破ることこそ、武士の面目を汚すことでございましょう」

「だが、行賞は殿の裁量に任されておる。地方衆に一時金の給付やご加増の沙汰がなかったからと言って、処罰したことにはなるまい」

「結果としては同じことです」

「だが、名目はちがう」

「それは仲介に立たれた黒田長政公をはばかってのことです」

「その通りじゃ。だが名目がちがえば言い訳も立つ。それに譜代の家臣衆を手厚く遇されるのは、例年のことではないか」

「それゆえ皆の不満が大きいのです。このまま子々孫々まで三河衆の風下に立たされては、柳河武士の面目が立ちませぬ」

柳河武士の多くは、田中吉政が入国する以前は立花宗茂の家臣だっだ。豊臣秀吉に「九州一の傑物」と評された宗茂と共に、幾多の戦場を駆けめぐってきた者たちだけに、意地も誇りも人一倍強い。

忠政が誓約を守らないならば職を辞すと言う者や、城に斬り込んで武士の一分を立てるという者が続々と出た。

「戦《いくさ》に負けた者が勝った者の風下に立つのは、戦国の世の習いじゃ。致し方あるまい」

「それではこの先、三河衆との間の溝が深まるばかりでございます。義父《ちち》上からも大膳どのにそのように申し伝えていただきたい」

久兵衛は大膳に頼まれて説得に来たのではないかという疑いが、六衛門の言葉を刺《とげ》のあるものにした。

「わしには大膳どのに意見するような力はない。ただ、忠政公はあのようなご気性ゆえ、このままではどのような処罰をなされるかと案じているばかりじゃ」

「厳罰は覚悟の上でございます」

「どうあっても、引かぬか」

久兵衛は仕方なさそうにため息をついた。二人の間に気まずい沈黙が流れた。

話が切れるのを待ちかねていたように、佳代が酒と肴《さかな》を運んできた。

「昼は済ませてきた。酒だけ出してくれればよいものを」

久兵衛は一合の椀になみなみと酒をつぎ、息もつかずに流し込んだ。戦場の作法の抜けぬ豪快な飲み方だった。

「そちもどうじゃ。少しなら良かろう」

「いえ、蟄居の身ですから」

「ならば、無理にとは言わぬが」

久兵衛が照れ臭そうに差し出した椀を引っ込めた。

「ようこそおいで下さいました」

みねが新之助を抱いたまま挨拶に出た。

夫を戦で失った後、女手ひとつで六衛門を育てた気丈な母だった。

「これはみねどの、長らく無沙汰をいたしました」

「このたびは、いろいろとご心配をおかけいたしました。これも藤崎家の家風でござろうか」

「六衛門どのの強情には根負けいたしました」

「申しわけございませぬ」

みねが細い指をきちんとそろえて頭を下げた。

厳格で意思の強そうな顔立ちは六衛門とそっくりである。

「なんの。その強情に惚れたのが我らの弱みでござる。のう佳代」

「知りません」

佳代が丸みのある顔を染めてうつむいた。

「強きになびくのが近頃の人の常じゃ。六衛門どののような武士がいるのは、かえって心強い限りじゃが……」

このまま意地を通せば、斬首か切腹は免れない。それは蟄居を命じられた時から、誰もが承知していることだった。

二

さらに三日が過ぎたが、城からは何の沙汰もなかった。

四日目の明け方、六衛門は木刀を取って庭に出た。蟄居が長びくにつれて気持がゆるみ、体もなまってくる。久々に打ち込み稽古をして、思うさま自分を苛《いじ》めてみたかった。

五十坪ばかりの庭の片隅に樫の木が植えてある。素足で庭へ下りた六衛門は霜柱を踏んでその前に立ち、鋭い気合と共に打ちかかった。

中に鉄の棒を仕込んだ木刀はずしりと重いが、上段から八双、下段へと構えを変えながら息つく間もなく打ち込んでいく。

タイ捨流は肥後国出身の丸目蔵人《まるめくらんど》が、上泉信綱に学んだ新影流に工夫を加えてあみ出したものだ。その真髄は一切の小細工を捨て、欲も怖れも我身も捨てて、一心に敵に斬りかかることにあった。

敵の太刀を防ぐ工夫などはせず、太刀行きの速さと鋭さを磨くことに専念した刀法である。重い木刀を用い、立木への打ち込みをくり返すのはそのためだった。

前の柳河城主立花宗茂は丸目蔵人を招いて教えを乞い、自ら印可を受けるほどの達人だった。そのために柳河藩士のほとんどがタイ捨流の剣を使い、戦場において無類の強さを発揮したのである。

六衛門は鋭い気合を上げながら打ち込みを続けた。

五百本、千本と打ち込むと、何もかも忘れて無我の境地に入る。体が覚え込んだ動きをくり返すばかりだ。そして戦場の修羅場で己れを救うのも、この動きだけである。

六衛門は樫の幹を鎧《よろい》武者に見立て、汗だくになりながら一刻ちかくも打ち込みをつづけた。

「あなた」

佳代が縁側に立って声をかけた。

「城からご使者が参られました」

青い顔で立ち尽くしている。手には杓文字《しゃもじ》を持ったままだった。

「分った。すぐ行く」

六衛門は井戸端へ行くと、頭から水をかぶった。肩口も胸も、ぶ厚い筋肉におおわれている。水をかけると、大柄の体から湯気が立ちのぼった。

直垂《ひたたれ》と袴に着替えて居間に行くと、裃《かみしも》姿の若い武士が至急登城するように伝えた。外には迎えの駕籠《かご》を待たせてあった。

「ただ今支度いたす。暫時お待ちいただきたい」

六衛門は奥の部屋に下がって月代《さかやき》を剃り、髷を整えた。佳代が手鏡を持ち、念入りに櫛を通した。

「新之助はどうした」

「まだ眠っております」

「そうか」

「起こして参りましょうか」

「それには及ばぬ」

「御沙汰が下されるのでしょうか」

佳代が遠慮がちにたずねた。

用向きのことには口を出すなと常々申し付けてある。女子《おなご》が口を出すことではないというのが表向きの理由だが、本当はその話になると佳代まであざむかねばならないのが辛いからだった。

「案ずるな。たとえどんな沙汰があろうと、武士として見苦しい振舞はいたさぬ」

身支度を終えると、押入れの奥に仕舞った備前兼光の脇差を取り出した。いつもは人目に触れることさえ避けているものだが、今日ばかりは特別だった。

門を出ると田中家の左巴の紋の付いた駕籠が用意され、具足に身を固めた二十人ばかりが警固に当たっていた。地方衆が六衛門を奪い返しに来るおそれがあるからだ。

警固の指揮を取るのは、堀口久兵衛だった。

「これも役目ゆえ、致し方のないことじゃ」

久兵衛は鐙《あぶみ》に足をかけて大儀そうに馬にまたがった。

「雪になりそうですね」

六衛門は空を見上げた。低くたれこめた鉛色の雲におおわれている。北から吹く冷たい風が、葉を落としつくした柿の枝を震わせていた。

体を折って駕籠に乗り込むと外からぴたりと引き戸が閉ざされ、馬場小路を北に向かって進み始めた。

六衛門が連判状の取り下げを頑強に拒むのは、忠政への不満や同志への面目のためばかりではない。真の目的は、旧主立花宗茂のために田中家を混乱におとしいれることにあった。

宗茂は秀吉の島津征伐の後に柳河十三万石を与えられたが、関ヶ原の戦いで西軍に加わったために所領を没収され、江戸で蟄居を命じられた。その時家臣の多くを柳河に残していったが、その中に田中家攪乱の密命を受けた者がいたのである。

江戸への出発が数日後に迫った日の夜、六衛門はただ一人で宗茂の居間に呼ばれた。

「そちを江戸に連れて行くことは出来ぬ」

淡い行灯《あんどん》の明りに照らされた部屋で対面するなり、宗茂はそう切り出した。

三十二歳になる。くぼみがちの目、細い鼻筋、引き締った唇、耳を隠さんばかりのもみ上げ。戦国の修羅場を生き抜いてきた精悍な面構えをしていた。

「無念でございます」

六衛門は十九歳になったばかりだが、慶長の役以来馬廻り役として宗茂の側近く仕え、六と呼ばれて重用されていた。

朝鮮から連れ帰った技師に測量術を学んだのも、宗茂の勧めによるものだった。

「近う寄れ。これをつかわす」

宗茂が脇差を差し出した。備前兼光の業物《わざもの》である。

「もったいのうございます」

「ただやるのではない。そちの命と引き替えたい。それでも、もらってくれるか」

戦場では鷹のように鋭い目が、慈しむように優しい。多くの家臣たちが命をかえりみずに戦ってきたのは、宗茂の武将としての度量の大きさに惹《ひ》かれてのことだ。

「喜んで、頂戴いたします」

「江戸に出れば、どのような沙汰が下るやも知れぬ。この先、何の恩賞を与えることも出来ぬであろう。それでも余のために死んでくれるか」

「殿のご命令とあらば、いかなる時にも身を捨てる覚悟でお仕えして参りました」

「さすがは六じゃ。よくぞ申した」

宗茂は六衛門をさらに近くに呼び寄せると、新しい領主となる田中吉政に仕官し、内から攪乱工作をせよと命じた。

「余はまだ若い。いつの日か必ずこの城に戻ってみせる。それが立花家のために死んでいった者や、残していく家臣への務めじゃ。このたびの戦では太閤殿下の恩に報いるために西軍に加わらざるを得なかったが、命長らえ今一度戦場に立つ機会が訪《おとず》れたなら、力の限りを尽くして手柄を立て、この地に戻れるように計らおうと思う。そのためには田中家に居座られては困るのだ」

宗茂の体からほとばしる気迫に打たれて、六衛門の胸が熱くなった。

江戸でどんな処罰を受けるか分らない時に、失地回復の謀をめぐらしているのだ。さすがは秀吉に九州一の傑物と評されただけのことはある。

「吉政どのは川や城の普請に秀でたお方だ。そちの測量術があれば、必ず重く用いられよう。だが、これは辛い仕事じゃ。戦場で弓矢取るより何倍も辛い。若いそちには酷過ぎるかもしれぬ。しかし誰かがやってくれねば、余がいかに手柄を立てたところで再びこの城に戻ることは出来ぬ」

「一つだけ、お訊《たず》ねしたいことがございます」

「申せ」

「それがしの他にも、同じ命を受けた方がおられましょうか」

「そう思うがよい。だが、一人でやり通す覚悟がなければ、とてもこの仕事は果たせぬ。余を信じ、立花家のために尽くしてくれ」

そう言って六衛門の手を取った。大きな暖かい手である。

「藤崎六衛門は、たった今絶命いたしました」

六衛門は宗茂の手を押しいただいて平伏した。命に代えても任務を果たすと心に誓ったのである。

馬場小路を北に進んだ駕籠は、柳河城の南口に達した。

有明海に流れ込む矢部川と、支流の沖端川の間に作られた平城である。二つの川に北と東を守られ、南と西は有明海に面していて干潮時には数里先まで泥土の海と化す。

城の周囲には幾重にも水路を巡らし、水門を開閉することによって沖端川から引き込む水量を自在に変えて敵の侵入を防ぐことが出来る。平地にありながら、難攻不落の堅城と称えられた所以《ゆえん》である。

駕籠は外堀にかかる太鼓橋を渡り、二の丸御門に進んだ。

堀の幅二十四間（四十三・二メートル）、南側の長さは百七十八間四尺七寸。橋の長さは十一間五尺、幅二間四尺二寸。二の丸御門の虎口の幅は八間、橋のたもとからの奥行きは七間五尺。門から二の丸の館までは……。

六衛門は駕籠の中にいても、どのあたりを進んでいるかが分った。田中吉政が柳河城の改築工事を行った時、御普請方として測量に当たったので、城の正確な図面が頭に入っていた。

迷路のように曲がりくねった二の丸の道を通り、本丸御門の前で駕籠が止まった。

「下りろ」

居丈高な声にうながされて外に出ると、六人の藩士が取り巻いた。

田中大膳の配下の中でも腕の立つ者ばかりである。不穏な動きがあれば即座に斬る。誰もがそんな殺気を放っていた。

前後を囲まれて御玄関を入り、長い廊下を抜けた。

すぐにでも処罰が言い渡されるものと覚悟していたが、案内された御用人詰所には大膳一人しかいなかった。

「今日は田中家の禄を食む者同士、腹を割って話がしたい」

大膳が物柔らかな口調で言った。

小柄な初老の男で、髪には白いものが目立っている。激化する対立の処置におわれて疲れているのか、顔が土気色にむくんでいた。

「そこでは寒かろう。もそっと側に寄るがよい」

大膳が角火鉢の側に招いた。

六衛門はためらった。大膳は忠政の伯父に当たり、家老になる前は目付として家中の取締りに辣腕をふるった男である。一瞬たりとも気を抜くことは出来なかった。

「何を怖れておる。周りに聞かれては困る話もあるゆえ申しておる」

「では、御免」

六衛門は火鉢を間にして大膳と向き合った。

「そちの子も、来月は誕生祝いだそうだな」

「……………」

「久兵衛から聞いておる。丈夫で利発な児《やや》だそうではないか」

「恐れ入りまする」

「その児のために、生きる道を探ってみたらどうじゃ。連判状さえ取り下げるなら、決して悪いようにはせぬ」

「あの連判状は署名した全員のものでございます。それがし一人が取り下げると申して済むものではございません」

「署名を集めたのはその方じゃ。扱いも一任されたと聞いておる」

さすがに目付上がりだけあって、裏の事情をしっかりと押さえていた。

「この五月か六月には、再び大坂城攻めが行われる。大御所さまはいよいよ秀頼公を討ち果たし、禍根を断たれるお覚悟を定められたのじゃ。今度こそ当家も四、五千の兵を率いて出陣いたさねばならぬ。このような時に家中が二派に分れて争っていては、満足な務めも出来なくなる」

「争いの原因は、殿が和解の誓約に反して地方衆に不利な行賞を行われたことでございます。家中の和を計るためには、まずそれを撤回なされるべきでございましょう」

「殿は家督をつがれて以来、藩政が意のままにならぬことに苛立《いらだ》っておいでじゃ。このさい多少の犠牲を払ってでも地方衆を押さえ込まねば、藩をひとつにまとめることは出来ぬと考えておられる」

「そのようなお考えをお持ちなら、先の誓約は初めから守るつもりがなかったということになります」

六衛門は連判状を武器に、進める所まで進む覚悟を定めていた。

忠政が六衛門らを安易に処罰できないのは、地方衆の反抗を怖れてのことばかりではない。先に仲介してくれた黒田長政にはばかりがあるからだ。

ところが六衛門らがこのまま連判状の取り下げを拒みつづければ、嫌でも処罰を下さざるを得なくなる。処罰を下せば地方衆の抵抗はますます激化し、田中藩は収拾のつかない混乱におちいる。

その混乱を理由に、藩主の座をねらう康政が忠政の失政を幕府に訴え出れば、田中家が取り潰しになることもありうる。

六衛門はそう計算していた。

敵の陣形を破るために、たった一騎で斬り込むようなものだ。先に進めば進むほど敵の混乱は大きくなるが、生きて帰れる見込みも失われてゆく。

「そちの強情にも困ったものよな。しばらくここに控えておれ」

大膳は渋面を作って立ち上がったが、ふと思い付いたように足を止めた。

「そちは佐久間兵庫を存じておるか」

「お名前だけは」

佐久間は次席家老の宮川大炊の配下で、康政を藩主にするために地方衆との連絡に当たっていた。連判状には署名していないが、裏では随分と署名集めに尽力した男である。

「奴は立花宗茂の手の者だった。康政どのや宮川どのに接近したのも、家中の対立をあおって取り潰しにつながる失態を起こすためだったのじゃ」

「まさか、そのようなことが」

「事実じゃ。昨夜とうとう自白しおった」

大膳は以前から佐久間の言動に不審を持ち、ひそかに身辺をさぐらせていた。そして佐久間が信頼している男を抱き込み、酔い潰した上で本音を吐かせたのである。

だが佐久間は酔った上のざれ言だと言い張るので、妻と娘を目の前で水責めにして自白に追い込んだという。

「わしは前々から、そうした輩が家中に潜んでおることに気付いておった。この手で処分した者も十人近くに上る。だが、当家の家臣の三分の二は筑後入部後に召し抱えた者たちじゃ。立花家の家臣だった者も多い。このようなことを表沙汰にすれば、譜代の家臣の間に疑心暗鬼が広がり、家中はますます混乱する。それゆえ長年伏せてきたが、決して手をこまねいてきたわけではない」

大膳は底冷えのする鋭い目で六衛門を見据えると、ゆったりとした足取りで部屋を出ていった。

三

御用人詰所は十二畳の書院造りで、正面の床の間には「不動心」の掛字《かけじ》があった。

床に置いた青磁の水盤には、三分ほど開いた白梅がいけてあった。

（やはり他にも同志はいたのだ）

辛い任務に耐えているのは自分ばかりではない。たとえ志半ばに斃《たお》れたとしても、誰かが任務を引き継いでくれる。

そう思う反面、不安もまた大きくなった。大膳は配下に命じて、自分にも探索の手を伸ばしていたのかもしれない。ここに呼び出したのは、何か確実な証拠をつかんだからではないか……。

我身ひとつなら、どんな処罰を受けても構わない。だが田中家を攪乱するために働いていたことが知れたなら、佳代も新之助も佐久間の家族と同じ目にあうだろう。

そう考えると、じっとしていられないような焦燥にかられた。

宗茂から密命を受けた時、六衛門は生涯妻を持つまいと決した。

だから久兵衛から佳代を勧められた時も固辞したが、久兵衛はいきなり花嫁姿の佳代を屋敷に送り付けてきた。

六衛門は送り返そうとしたが、佳代は頑として動かなかった。

「拙者は悪人じゃ。不幸になるぞ」

六衛門は普請場嗄《が》れした胴間声で叱りつけた。

「構いませぬ。どうあっても帰れと申されるなら、ここで死にます」

佳代が喉元に懐剣を構えた。十八歳のあどけない顔に決死の覚悟と思慕の情がみなぎって、妖しいほどに美しかった。

「仕様のない奴だ」

六衛門は怒ったような渋面を作って佳代の手から懐剣を奪った。

以来、佳代との幸せな暮らしが続いた。新之助も授かった。母の世話もよくしてくれる。母が佳代の後ろ姿に向かって手を合わせているのを見るたびに、自分の任務を察して佳代にわびているのではなかろうかと胸が詰った。

任務を捨てようとしたこともある。

宗茂は将軍秀忠の計らいで死罪を免れ、奥州棚倉に一万石を与えられた。大坂冬の陣では秀忠の側にあって抜群の働きをしたというが、関ヶ原の戦いで西軍についた武将が旧領に復帰できるわけがない。

密命のことを知る者はいないのだ。ひそかに任務を離れても、誰にも咎められぬではないか。

眠れぬ夜などにそう考えることもあった。

廊下に数人の足音がした。刺客かと身を固くしたが、入ってきたのは田中大膳と康政派の次席家老宮川大炊だった。

「喜べ藤崎。殿はその方らの申し分を認められたぞ」

大膳が席につくなり膝を打った。

「連判状の主旨をくみ、次回の論功行賞には地方衆の扱いに配慮すると申された。また連判状の発起人五人の処分についてだが……」

大膳が間をおいて、六衛門の反応をうかがった。

六衛門は能面のように表情を消したまま、次の言葉を待った。

「徒党を組んで主意にたてついた罪は重い。本来ならば全員斬首に処するところだが、藩の行く末を思い、一命を賭して諫言《かんげん》に及んだ覚悟のほどは見事である。それぞれ加増の上、江戸屋敷詰めを申し付けるとおおせられた。将軍家のお膝元において、田中藩士の心意気を天下に知らしめよとのおおせじゃ」

（その手があったか）

六衛門は正面から一本、鮮やかに打ち込まれた気がした。

栄転という形をとって五人を江戸へ送れば、地方衆の者たちも文句の付けようがない。忠政の度量の大きさを示すことにもなり、黒田長政への面目も立つ。大膳らしい手抜かりのない措置だった。

「では、しかと申し渡したぞ。出発の日時や加増の石高については追って沙汰いたす。他の四人にもそう申し伝えるがよい」

大膳は口早に命じて立ち上がった。

「しばらく」

六衛門は鋭く呼び止めた。

「何事じゃ」

「これよりさっそく同志のもとに立ち返り、殿のお言葉を伝えまする。つきましては、次回の論功行賞には配慮するとのお墨付きをいただきとう存じます」

「なに」

「お言葉だけでは、同志を納得させることはできませぬ。何とぞお墨付きを」

「無礼者。殿のお言葉を何と心得る」

そう怒鳴ったのは宮川大炊だった。

「連判状も取り上げられ、その方たちにもご加増の沙汰が下されたのだ。これ以上望むは身の程知らずというものじゃ」

大炊の顔には無念の色がある。佐久間兵庫を立花家の密偵とも知らずに用いていた責任を追及され、地方衆と手を切るように迫られたのだろう。

「恐れながら、殿は一度和解の誓約を破られております。お言葉だけで引き下がるわけには参りませぬ」

「殿のお言葉に偽りがないことは、わしがこの首をかけて保証する。これ以上異を唱えれば、他意あってのことと取られかねぬぞ」

大膳がじろりと目をむいて睨《ね》め付けた。

「何の他意でございましょうや」

「佐久間の例もある。人の心は計り難いものじゃ」

「そのような疑いをかけられては、武士の一分《いちぶん》が立ちませぬ。この場で腹かっさばいて赤心を証してご覧に入れまする」

六衛門が気色ばんで脇差に手をかけた。

「心得ちがいをいたすでない。江戸でのご奉公に務めることこそ、赤心を証す何よりの道じゃ」

大膳は片頬に笑みを浮かべると、急ぎ足に部屋を出て行った。

数名の藩士に付き添われて本丸御門の外まで出ると、登城の時と同じ駕籠が用意してあった。警固の兵も同じ人数で、久兵衛が指揮をとっている。

あたりは暮れかかり細かい雪が舞い始めていた。

「お待たせいたしました」

六衛門は軽く頭を下げた。

「なんの。これもお役目じゃ」

久兵衛が迎えに来た時と同じことを言った。

駕籠は外堀の太鼓橋を渡り、馬場小路を南に向かった。

道の両側に武家屋敷の白い壁が続いている。屋根の上にも地面にもうっすらと雪がつもっている。乾いた雪が風に吹かれて舞い落ちてくる。

六衛門は引き戸を細めに開けてそれを見ていた。

火ともし頃である。どの屋敷からも暖かそうな湯気や煙が上がっている。路上では子供たちが珍しい雪に遅くまではしゃぎ回っていた。

（これが見納めだ）

大膳の懐柔策をつぶすには、今夜にでも腹を切り、忠政に対する地方衆の怒りをかきたてるしかなかった。

家の窓から漏れる明りを見つめる六衛門は孤独だった。

この十五年間、誰にも心を明かせなかった。常に身構え、嘘の自分を演じ続けなければならなかった。そして誰にも本当の理由を告げぬまま、死んでいかねばならないのだ。

死ぬのは構わない。だが、あれほど信じて尽くしてくれた佳代に済まないのだ。思えば優しい言葉をかけたこともない。寝言にさえ気を使う毎日では、そんなゆとりもなかったのである。

屋敷に戻ると、佳代が青ざめた堅い表情で出迎えた。六衛門の無事な姿を見ると、式台にぺたりと座り込んだ。

「遅くなって心配をかけたな」

腕を取って助け起こした。

「案じておりました」

佳代が泣き笑いの顔で六衛門の袖をしっかりとつかんだ。

「風呂に入る」

六衛門はいつもと変わらぬ無愛想な顔で支度を命じた。

湯船につかると緊張に強張《こわば》っていた体がほぐれていく。三十四年間、この体には世話になった。そんなことを思いながら、六衛門は腕や腹、肩や背中をていねいに洗った。

長い風呂から上がると、奥の座敷で連判状の発起人となった他の同志に文を書いた。

忠政が五人を江戸屋敷詰めとするのは、柳河から遠ざけて地方衆を切り崩すためである。次回の論功行賞に配慮するとの回答は得たものの、お墨付きがなくては実行を迫ることは難しい。

「かかる事態を招いたことは、それがし一身の不徳の致すところにより」

その責任を取って腹を切る。連判状の主旨が認められるまでは、一致して事に当たってほしい。

書き終えると、二度三度と読み返して立て文にした。

ふと、遠い奥州にいる宗茂にあてて何かを書き残そうかと思った。たとえ送ることは出来なくとも、仏壇にでも隠しておけば、いつか宗茂が柳河に戻った時に捜してくれるかもしれない。

だが六衛門はすぐにその誘惑をふり払った。万一田中家の手に渡れば、佳代や新之助にわざわいが及ぶ。

それに今さら何を書き残すことがあろう。十五年間の苦しみは、とても一片の文に書き尽くせるものではない。初めから命を捨てて引き受けたことなら、最後まで黙って任務をまっとうするしかないではないか。

六衛門は立て文を文机《ふづくえ》の上に置くと、ふすまを立てきって白装束に着替えた。畳二枚をはがして敷布を広げ、三方《さんぽう》を尻の下に当てて正座した。

（わたしは悪人だ。許せ）

心の中で佳代に許しを乞うと、着物の合わせを引き開けた。

剛毛がへそのあたりまで生え上がっている。備前兼光の脇差をすらりと抜き、懐紙に包んで逆手に持った。

鋭い切っ先を左の脇腹にあてた。

全身の筋肉が強張り、汗が吹き出した。本能的に身を守ろうとするかのようだ。

静かに呼吸を整え、体の強張りが解けるのを待った。

その時、縁側のふすまが荒々しく開け放たれ、

「六衛門、よせ」

久兵衛が荒い息をしながら駆け込んできた。

「このままでは同志への面目が立ちませぬ。死なせて下され」

六衛門は脇差を両手に持ち、切っ先を腹に突き立てようとしたが、久兵衛は神速の技で腕を取った。

「よさぬか。戸次《べつき》伊織がわしの元の名じゃ。そう言えば察しはつこう」

戸次とは宗茂の義父立花道雪の元の姓で、立花家の重臣の中には戸次を名乗る者が多かった。

久兵衛もその一人で、宗茂から密偵の総元締めに任じられたという。

「ならばそれがしの考えはお分りのはずです。何ゆえ止められる」

「そちはよく働いた。後はわしらに任せ、家族を連れて江戸へ行け」

(おかしい)

江戸詰めのことは、まだあの場にいた三人しか知らないはずだ。とすれば久兵衛は大膳から聞いてここに来たことになる。あるいは自分が立花家の密偵と見当をつけての芝居ではないか。

六衛門は久兵衛ともみ合いながらめまぐるしく考えを巡らした。

「ここに来たのは、大膳どのから江戸詰めのことを聞き、そちの身を案じてのことじゃ。六衛門、江戸へ行け。江戸へ着くなり、藩を脱して殿のもとへ走れ」

「奥州へ……」

「大膳どのは江戸屋敷の者に命じて、そちたち五人を斬らせるつもりじゃ。そうでなければ、忠政どのが承知されるはずがないではないか」

「このことを、佳代は」

「何も知らぬ。あやつはそちに惚れただけだ。構えて他言いたすでないぞ」

久兵衛は六衛門の顔から殺気が消えたの確かめると、踵《きびす》を返して立ち去った。


翌日、田中大膳から連判状の扱いと五人の処遇が公けにされ、論功行賞をめぐる対立は一応の結着をみたが、譜代の家臣と地方衆の対立はその後も根強く残った。

事件から二カ月後の慶長二十年（一六一五）四月、徳川家康は大坂城攻めの兵を起こし、田中家にも出陣命令を下した。

忠政は勇み立って出陣の支度にかかったが、地方衆の者たちは誰もこれに応じなかった。強制しようとするといっせいに職を辞し、新たに募集しようとしても法外な銭を要求してこれを拒んだ。

しかも忠政のこの失態を好機とばかりに、康政は宮川大炊と謀って藩主の座を奪おうとした。

激怒した忠政は、酒宴の席で大炊を無礼討ちにしようとした。この時、抵抗する大炊と刺しちがえたのは、堀口久兵衛だった。

翌日、宮川大炊の家臣三百人ばかりが、大炊の無念を晴らすために屋敷に立てこもった。この鎮圧に手を焼いた忠政は大坂への出陣が遅れ、幕府の怒りをこうむって七年の江戸留めを命じられた。

元和六年（一六二〇）に忠政が三十四歳で死ぬと、田中家は取り潰しとなり、筑後は闕《けつ》国《こく》となった。その翌年、久留米二十一万石を有馬豊氏に、柳河十一万石を立花宗茂に与える幕命が下った。

この年宗茂は五十三歳。関ヶ原の戦いに敗れ国を奪われて以来二十一年、ようやく失地回復の宿願が叶ったのである。

宗茂は柳河城の二の丸御門に足を踏み入れた途端、地にひれ伏して泣き出したという。この時、奥州から柳河に同行した者の名簿が残されている。その中には藤崎六衛門と佳代、それに八歳になった新之助の名も記されている。

みねの名が見当たらないのは、奥州の厳しい寒さに耐えかねて、鬼籍に入ったためではないだろうか。

武道伝来記

海音寺潮五郎

海音寺潮五郎《かいおんじちょうごろう》(一九〇一〜一九七七)
明治三十四年、鹿児島県に生まれる。国学院大学卒業後、中学校の教師となる。昭和四年に短篇「うたかた草紙」、七年には長篇『風雲』が、「サンデー毎日」の投稿小説に入選。昭和十一年に「天正女合戦」と本書収録の「武道伝来記」で、第三回直木賞を受賞した。代表作は『西郷隆盛』『天と地と』など多数。

一

日当りのよい物置の前に蓆《むしろ》を敷いて、和三郎《わさぶろう》は独楽《こま》をこしらえていた。側に隣家《となり》の美代《みよ》ちゃんが坐《すわ》っている。和三郎は九つ、美代ちゃんは六つ。

「ほんとに上手ね」

小刀の動きにつれて、さくさくと木屑《きくず》が散って行くのを見て、美代ちゃんは感心している。

「うん」

和三郎は一寸《ちょっと》得意になって相手の顔を見て微笑したが、その時、急にわいわいいいながら通りを駈けて行く跫音《あしおと》を耳にすると、円《まる》い目を瞠《みは》って耳をすました。

(何だろう?)

(何でしょう)

二人は眼を見合わした――

微《かす》かに笛と太鼓の音が聞こえて来る。

ヒューラ、ヒュラヒュラ、ヒューラ、ヒュラヒュラ、ドドン、ドンドン……

「お獅子《しし》だ」

和三郎は飛びあがった。もう独楽もなければ、お美代ちゃんもない。門まで駈けて行ってみると、早春の陽《ひ》のみちた町角の練塀《ねりべい》のしたに真黒に子供が群がって、そこから笛と太鼓の音が聞えて来るのだ。武家の子供らしく、小脇差《こわきざし》を一本ずつ差した子供達のうえに、お獅子の白い毛がちらちらと見え隠れして、陽の加減で金歯がきらきらと光っている。

「ヴァーイ、お獅子だ。お獅子だ」

和三郎は顔を真赤にして走って行った。見物しているのは子供たちばかりでない、仲間《ちゅうげん》や小草履取《こぞうりとり》まで出ていた。背の高い痩《や》せた男が笛を吹いて、肥った鞠《まり》のような男が太鼓を叩いて、それに合わしてお獅子は軽快に踊り狂っている。魁偉《かいい》な顔を振り立ててまるで空に舞いあがりそうにのし上がるかと思うと、ひらりと地面に這《ほ》うて、急に勢よく首をもたげる。子供達の上にのしかかって、ぐわっと真赤な口をひろげて、がたがたと金歯を鳴らすと、子供達は覚えず後退《あとずさ》りして、愉快そうに笑い出すのだ。見ている子供達も愉快そうだったが、お獅子のほうでも愉快でたまらないような踊りぶりだった。

和三郎は夢中になって前に出ようとして小さな肩を割りこました。

と、いきなり、ぐいっ！　と、うしろから強い力で押しのけられた。

「あ！」

驚いて見返ると、勘定奉行《かんじょうぶぎょう》三千石の的場《まとば》家の仲間が、的場の二番息子の供をして立っているのだ。

「さ、ここからならよく見えまする」

鎌髭厳《かまひげいか》めしい大奴《おおやつこ》は、こちらをふり返りもせず仙太郎《せんたろう》に言う。

「無礼者！」

和三郎は叫んだが、相手はちらと見たぎりで、馬鹿にしたような薄笑いを浮かべて、またあちらを向いた。

「どうでございます。よく見えるでございましょう」

仙太郎のほうは少し驚いたように和三郎を見たが、いつもの冷淡さで、獅子舞いに目をうつした。和三郎はかっとして、奴の袖を捉《とら》えて引いた。

「おのれ、侍に手をかけて。わびぬか！」

奴はいささか驚いたらしかったが、急に意地の悪い顔になると、にたにたと笑った。

「糊米《のりまい》ほどのお扶持《ふち》をいただき、肩につぎの当った着物を着てもお侍とは……、おお、怖《こ》わ、お侍様、あんたその脇差どうしなさるつもりで……」

「エイッ！」

「おッととと」

和三郎の刀はきらりと一閃《せん》しただけで、その腕は奴につかまれた。

「くそ！」

小松の幹のような大奴の腕力は、九歳の小腕ではどうすることもできない。

「うぬ！」

地だんだ踏んで蹴ったが、相手はびくともせず、

「お強いお強い」

とせせら笑っている。四方に散って道の両側の塀下から見ている子供達のなかに、美代ちゃんの赤い着物が、やけつくように眼の隅にしみた。恥かしかった。くやしかった。小鼻がふるえて、眼頭が熱くなった。

「ほ、お侍様が泣いてござる」

ぽんとつきはなすと、和三郎は二間《けん》ばかりけし飛んで、だっと仰向けに倒れた。余りの手剛さに気力も萎《な》える念《おも》いだったが、弾かれたように飛起きて、刀を閃《ひらめ》かして突進した。

「ほ、怖《こわ》や怖や」

奴は仙太郎を背負《しょ》って走り出した。

「待て、卑怯者」

五間ばかり追いかけた時、

「これ！」

いきなり襟《えり》筋を摑《つか》まれて、ぐんと引戻された。振返ると、父の織部《おりべ》だ。

「父様《とうさま》！　あいつを斬って下さいまし、斬って下さいまし」

「黙れ！」

恐ろしいまで青ざめた織部は、泣き叫ぶ和三郎を引きずって連れ戻った。

二

「和三郎が的場の仲間に手込めになったというではないか」

織部の姉婿山田休右衛門《やまだきゅうえもん》は、座敷に通るなり邸中にひびきわたるような大声でわめいた。

「静かにせい、たかが子供の喧嘩ではないか」

織部は青ざめてはいたが微笑していた。

「子供の喧嘩ですまして置けるか。荒くれ男がいたいけない子供を手込めにするでさえ怪《け》しからぬことだに、侍の子を下郎《げろう》の分際《ぶんざい》で……」

「まあ坐れ」

「それのみでない。土台、あの的場奴《め》が気に食わぬ男じゃ。主が主ゆえ、下郎まであのような不埒《ふらち》を働く。十五年前《ぜん》、きゃつが尾羽《おは》打ち枯らして当地に来たときのことを思うてみい。それを、いささか算勘《さんかん》に明るいとて殿がお用いあって、今日《こんにち》の身分になり上りおったのではないか。すこしばかり羽振りがよいとて、譜代の諸士を見下して、下郎に言いふくめて……」

「口が過ぎはせぬか」

「なに？」

休右衛門は顔色をかえて、きっと織部を見て、

「おぬし、的場を怖れていはせぬか」

織部は微笑して火鉢の火を見つめて、

「下郎に言いふくめてなどと、推量事《あてごと》は言わぬものじゃ」

「推量事？　推量事？」

休右衛門はいきり立った。

「何の推量事であろう。言いふくめずば、下郎の分際であのような無礼を働こうか」

「しかと聞かぬことは言わぬものじゃ」

「おぬし、いよいよ怖れているのじゃな」

「わしがそのような男に見えるか」

「では何故《なぜ》斬り込まぬのじゃ。これほどの恥があろうか。的場と下郎をなぜ首にせぬ」

「的場も武士、今に挨拶があろう」

「挨拶がなくば斬り込むか」

「……」

「斬り込むか」

「一家の私事、ほって置いてくれ」

「なに？」

休右衛門は片膝立てた。

「何たるたわ言！　一家の私事とは何たるたわ言！　一家一門、縁につらなる我等が恥、広くいえば日本武士の作法の崩れでないか。われらも合力《ごうりき》しよう。斬れ、斬り込め、斬らずばおぬしの武士は立たぬ。武士の作法は崩れるぞ」

「所詮は子供の喧嘩」

「怯《おく》れたな、おのれ」

「子供の喧嘩を取上げねば武士が立たぬなど……」

「聞かぬ！」

「待て、わしは……」

「言うな」

「武士の道とは左様なものではないと……」

「言うな！　かようなきたない心であろうとは、今の今まで知らなんだ自分の心がくやしい。よくもおのれ如き臆病者と縁に連《つらな》った」

すっくと立った休右衛門は、はらはらと涙を流すと、どさりとふところから風呂敷包みを投げ出した。

「連なる縁に合力しようと、鎖帷子《きごみ》まで用意して来たに」

だが、織部は青白く眼を閉じたきりだった。

「思い返す気はないか」

「ない」

「おのれ、それで武士か」

休右衛門が怒号したとき、和三郎が駆け込んで来て、泣きすがった。

「おじさま」

「おお！　そちの父《てて》は、そちの父は……」

休右衛門も泣声をしぼった。

「連れて往《い》んで、あの下郎を斬らして下され、斬らして……」

「おお、よく言うた。よく言うた。そちの父は武士の作法を取落した見下げ果てた男じゃ。おじが討たしてやる。おじが武士の道を立てさしてやる。来い」

休右衛門が和三郎の手を引いて出て行こうとした時、織部が乱《かつ》と眼を睜《みひら》いた。

「待て、人の子を何とするぞ」

「恥じろ、子に。和三郎は武士の家、間宮家の子だ。ひとりおのれの子ではないぞ。間宮家先祖代々の子だ。武士の道を立てさせねばならぬ」

「和三郎はわしの子だ。来い、和三郎」

いつになく鋭い声で言って、ぐっと睨みつけた。和三郎は立ち竦《すく》んだ。

「来い、和三郎、そちは織部の子ではない、間宮家の子だ。武士の道を立てねばならぬ」

「和三郎はわたしの子だ。真《まこと》の武士間宮織部の子だ」

「ははははは、おのれが武士だと、おのれが武士だと、わははははは、これはおかしい、これはおかしい」

休右衛門は泣き笑いにも似た哄笑をあげた。

「おぬしにはわからぬ」

織部は青白い微笑をふくんで言った。

「わからぬで結構、真の武士は臆病者の心はわからぬものじゃ。来い、和三郎」

「行くでないぞ、父はゆるさぬぞ」

「来い和三郎、そちは口惜しゅうないか。武士の道を立てようとは思わぬか……行かぬのか和三郎、あの下郎、憎いとは思わぬか。武士が手込めに逢って恥とは思わぬか」

休右衛門の声は次第に悲痛なひびきを帯びてきたが、和三郎は動かなかった。いつになく厳しい父の眼に、身も心もその場に立ち竦んでしまった。

三

的場射る矢の二つに織部
ままよ二百石

すてるにゃ惜しく
わっさ和三郎
横ッちょにかぶれ
破れかぶれの破れ笠

しっとりとした春の夜の暗《やみ》を、しずかな唄声が過ぎて行った。

二十一の青年に成長した和三郎は、鋭い恥に首を垂れた。低い竹垣の向うに、十八の美代も黙っている。二人の上には、夜気にうなだれた八重桜が夢のように仄白《ほのじろ》く咲いていた。

永い沈黙の時間が過ぎた。

「和三郎様」

「お聞きかあれを」

美代は白い顔を伏せた。

「あれをお聞きか」

和三郎はいら立たしく言ったが、すぐ嘆息するように、

「お聞きでござろうな」と言って首を垂れた。

また沈黙がつづいた。

「十二年前のあれがため、今だにああして小唄にまでうたわれている」

和三郎は独り言のように言った。

「侍の道を知らぬ者、侍交わりのできぬもの、間宮父子はそう言われている。父はいかなる心でか、恥ずる色もなくああして出仕しておるが、若い拙者《せっしゃ》の心、世間の人に顔を合わせるのがどれほどつらいことか。朋輩共《ほうばいども》と話をしても、その笑いの陰に嘲《あざけ》りがあろう、さげすみがあろうと思うと、もう居ても立っても居られぬ。ただそなたにのみ、いや、そなたにすら、恥じずにおられぬ……」

「和三郎様、和三郎様」

美代は垣の上にからだを乗り出して和三郎の肩に両手をかけた。黒々とした眼に涙が光って、

「なぜそのようなことを言われます。美代が心を……」

和三郎は美代の両手をにぎりしめた。

「疑ってはいぬ。疑ってはいぬが……」

「誰が和三郎様をさげすみましょう。和三郎様はあの時、まだ子供でございました。無礼な下郎を成敗《せいばい》されようとなされただけでも、並の子供には出来ぬことでございます。それからのことは、おじ様にこそ人はいろいろと申しましょうと、何であなた様のことをかれこれ言いましょう」

「だが、拙者はその父の子、早い話が、そなたの父様《とうさま》とて、二人の仲を許されようはずがない」

「いいえ、許さずば……」

「許されねばとて、死にもならず、駈落ちもならず。よも、そなたとて恥の上塗《うわ》りする決心はつくまい。つくまいがの。つくまいがの」

和三郎の様子は、痛む齲歯《むしば》を揺り動かして一層痛くして喜ぶ人にも似ていた。

「所詮は遂げられぬ二人、拙者は断念しよう故、そなたは遠慮なく的場に嫁《い》って……」

「いいえいいえ」

美代は叫んだが、そのまま黙ってしまった。和三郎は鋭い嫉妬を感じながら次の言葉を待った。いつまでもいつまでも黙っている美代である——ぽとりと夜露がどこかで落ちた。

「ああ、いいことがありまする」

美代は晴れやかに叫んだ。

「お城試合の時、あなた様、勝って下さりませ、何人も何人も負かして下さりませ。そしたら、父様はあなた様を気に入るに違いありませぬ」

「お城試合は、拙者は白組、的場は赤組と敵味方に分れておるが……」

「ああ、いい都合。では的場様も負かして下さりませ」

「ははは、的場とて長沢《ながさわ》門下では指折りの遣い手、そう易々《やすやす》と勝てもすまいし、第一、都合よく組み合うかどうやらもわからぬこと」

「いいえ、きっと組み合いまする。組み合うように美代が祈りまするもの。そしたら、きっとあなた様が勝てます」

「ははは、それもそなたが祈っておるか」

「ええ、ええ、祈ってもおりますし、あなた様はお強いのですもの。戸川《とがわ》様の御門下では一と言って二とは下らぬお人ですもの。お勝ちになりますとも。ええ、ええ、きっと

子供のように明るい美代の言葉を聞いていると、和三郎も少しずつ希望がめぐみはじめて来た。

四

藩に二人の剣道師範、戸田流の戸川八郎左衛門《はちろうざえもん》と小野派一刀流の長沢勘兵衛《かんべえ》との門人たちが試合するわけだが、数年前の騒ぎに懲りた重役たちが、両門の試合とせずに、敵味方に入りまじえて組合わせたので、戸川も長沢も至極楽《しごく》しそうに世話をやいていた。殿も楽しそうにしておられた。午《ひる》にちょっと休息されただけで、今の時間にしてざっと五時間ばかりにもなるのにその仄かに紅潮した顔に、絶えず微笑を浮かべておられるのだった。だが、若武士《ざむらい》たちは暢気《のんき》にはしておられないのだった。年に一度のこのお城試合の結果が、役付きや重役たちの受けや、そんなものに関係して来ることを知っていたので、しぜんと強い緊張を感ぜずにはおられなかった。

午からは、両門選《よ》り抜きの者だけが残されて、三本勝負の勝抜き勝負となった。

和三郎は強い緊張感に真青になっていた。おさえてもおさえてもふるえが腹の底から湧《わ》き上って来るのだ。戦況は味方の不利だった。十人の戦士が六人まで斃《たお》されて、いま七人目が戦っているが、これも已《すで》に初太刀《しょたち》をとられている。次は和三郎の出番である。

敵のほうはと言えば、まだ四人目が出ているに過ぎない。そして、当の的場は、はなやかな朱塗の胴をしめて、鷹揚な微笑を白い顔にうかべて、敵の最後にひかえている。

「六人斬らねばあすこまで行けぬ」

和三郎はつぶやいた。六人のなかには同門のものもあれば、長沢門のものもある。長沢門のことはよく知らないが、同門の相当な遣い手の連中と肩を並べているところから見ると、相当な手剛い敵には違いない。

「勝てるかしら」

和三郎は、不安になった。対に組んでは負けようとは思わぬが、三人を斃し、四人を斃して疲労すれば、途中で斃れるかも知れぬし、たとえ行きついても他愛なく敗けては……

「あ！　かようなことを考えてはならぬ。虚心に、虚心に」

あわてて心を叱りつけた時、

「そろそろ面をかぶっては」

隣のものが注意した。

冷たく頰に触れる面の感触、きりりと紐をしめて、面金《めんかね》の間からもう一ぺん的場を見た。

微笑は依然としてその顔にあった。

「奴、安《やす》んじ切っている」

同時に、

「お胴！」

という叫びがした。又、味方が負けたのだ。

和三郎は出て行った。

竹刀《しない》をかまえてずっと立上ると、ふるえはいつの間にか止んでいた。もう彼の心には勝ちもなければ負けもなかった。敵もなければ味方もなかった。何かしら、広々とした天地に出たような恍然《こうぜん》とした念いが身を浸していた。

「ややややややや」

鋭い気合と共に、ピリリ、と敵刃《てきじん》が動いた。

「面なり！」

和三郎は電撃のごとく斬って出た。

「よし、あと一本」

戸川先生は叫んだ。見事な勝ちだった。わっと場内は湧き立った。

剣神の憑《の》りうつったかと思われる和三郎であった。湧き上り迸《ほとばし》る闘志を抑えかねるように、一人を倒し、次を待つ間も、いらいらと剣を振った。

そして、相対するや、一合《ごう》を交《まじ》える余裕も与えず、一撃ごとに敵を倒して、瞬く間に六人を斬って落した。

五

和三郎が六人を斬るあいだ、的場仙太郎は落ちつき払っていたが、顔は著《いちじる》しく青ざめていた。その顔を見たとき、皆は今更のように両家の関係を思い出した。

「遺恨試合」

二人が恋の競争者であることは、等しく皆の胸をついた念いだった。

仙太郎はもどかしげに待っている和三郎をじろりと見て、落ちつき払った態度で、ゆっくりと面をかぶった。

「卑怯な!」

気を抜く敵の策略と見た和三郎は、一層もどかしげに足を動かして剣を振った。

「落ちつけ、落ちつけ」

味方はうしろから注意したが、どこに落付く必要があろう。未萠《みほう》の機を察し、転瞬《てんしゅん》の虚に乗ずるいまの和三郎の神技は、ときとしてすぐれた芸術家におとずれるあの霊感に似たものであった。彼はこの霊感に乗じて戦うべきである。一度《ひとたび》この霊感が去って直後においては、彼は凡庸以下の剣士に堕了《だりょう》し去るかも知れない。

「来い！」

和三郎は叫んで床を蹴った。

「おう！」

仙太郎も叫んで飛び出した。

これは？　というように、戸川八郎左衛門は裏見分《うらけんぶん》の長沢勘兵衛と目を見合わせた。そして、うなずき合って叫んだ。

「いずれが勝つも負けるも、この場かぎり、あとの遺恨を存すれば不忠だぞ」

「は」

「勝負三本」

じりじりと二人は立ち上った。同時に、

「面なり！」

迅風《じんぷう》のごとく仙太郎の剣が飛んで来た。

「胴！」

水にひらめく光のごとく和三郎は飛び退《の》いた。

「胴あり！」

戸川先生の声。

「あと一本だな」

和三郎は考えた。六人を斬る間には湧きもしなかった考えである。余裕か。いや、霊感は已に彼を去りつつあったのだ。熱の退《ひ》くように意気が沈退して行った。

「これは!」和三郎はあせった。途端!

「小手なり!」

八双《はっそう》にふりかぶった仙太郎の剣は陽炎《かげろう》のようにひらめいた。

「面なり!」

同時に面に切り込んだ。

「小手早し。仕合それまで。引分け!」

和三郎はよろめいた。引分けと。これが……

「引分け! 勝負なし」

再び戸川先生は叫んだ。

六

百二十畳の大広間に虹のような酒の気がみちていた。試合後の御酒下《ごしゅくだ》されの宴席なのである。殿も重役も気を利かせて早く退席したので、若い者だけが残っているのだ。すっかり障子を開け放してあるのだが、夕方から花曇りに曇った天気はむしむしとむして、あまり酒のいけない和三郎は頭が重かった。

「おぬしの今日の働きはすばらしかった。人間業とは見えなんだ」

先刻《さっき》からこの男が放さないのだ。美代に今日の結果を話したいし、もう帰っているはずの美代の父の新兵衛《しんべえ》が自分の今日の働きをどう思っているかも聞きたいし、早く帰ろうと思うのだが、好きなくせに大して酒量のないこの同門の男は、べろべろに酔っ払って、同じことを何遍もくり返しては、どうしても座を立たせないのだ。

「怪我《けが》だ、怪我だ、わしの力ではない」

「たとえ怪我にもせよだ。すばらしい。まあ飲め」

「もう飲めん」

「まあいい、強《し》いはせん。強いはせんが、ほんのちょっぴり」

無理に盃をさして、ゆらゆらとからだをゆすりながら、

「が、惜しかったな」

「言うな、言うな」

「言うなと言うてもさ。尋常の勝負であって見よ。的場もやられているはず」

「言うな」

「そうか。言うなとあれば、もう言わん。が、惜しかった」

ぺろりと平手で顔を撫でて、ぐったりしたかと思うと、急にむっくりと顔を上げて、

「おい、返盃せんか」

「うむ」

盃をさして、銚子をとると入っていない。

「空《から》か。では持ってくる」

と相手が立って行った間に、和三郎は広間に出て、薄暗い控所で刀をさしていると、

「や、間宮はどこに行った。逃げおったな」

叫ぶ声がして、どたどたと廊下に出て来た。

「ちぇ！」

舌打して、急ぎ足に玄関のほうに行ったが、

「逃げおった、逃げおった。間宮和三郎、逃げるとは卑怯だぞ」

酒濁りした声でわめきながら、こちらに来るのだ。

「困った奴」

つぶやいて、わきの小暗《こぐら》い小部屋に入った。

「居らん居らん、すばやい奴」

つい手前まで来て、あきらめて引返して行った。和三郎は微笑して部屋を出ようとしたが、そこにまた二三人声高《こわだか》に話しながら来る者があったので、そのままじっとしていた。

「どうだな、今日の間宮の働き」

つつ抜けに聞こえてくる。

「わしは調子づいたのだと思う。実際の技倆はあれほどではあるまい」

「馬鹿げた試合だったな、むしろ。しかし、あのままやらしたら、的場も危かったな」

「だからあの裁きだ」

「老巧なさばきだったな。何しろ、あれ以来の両家じゃからの」

「あれ以来といえば、間宮も織部の子では、たとえ腕がすぐれていても、畑水練《はたけすいれん》のたぐいかも知れぬの」

「そうとも、実戦は技倆より勇気じゃからの」

和三郎は唇を噛んだ。

　的場射る矢の二つに織部
　ままよ二百石捨てるにゃ惜しく
………

宴席で唄っている声が聞こえて来た。

七

飲み足らぬと見えて、鈴木《すずき》新兵衛は帰宅してから酒を命じた。いかつい顔だが、美代に酌をさして酒を飲むときだけは、至極の好々爺《こうこうや》になるのだ。

「隣家《となり》の和三郎様はどうでございました」

美代は酌をしながら軽く当ってみた。

「うむ。なかなかうまく遣いおる。六人斬って、七人目は引分けの勝負なしじゃ」

上機嫌だ。

「まあ」

美代は胸を波立たした。

「で、的場の仙太郎様は」

「あれもよく遣いおる。これが分けの相手じゃ」

「そう」

なぜ、ついでに負かしておしまいにならなかったのだろう。

「和三郎様はえらいのね」

「うむ、えらい」

「ほんとにえらいのね」

「ほんとにえらい」

「お父様お好き?」

「うむ、まあ」

「お好き?」

新兵衛はじろりと娘の顔を見た。美代ははっとして、うつ向いた。

新兵衛は怖い顔をして、だんだん赤くなって行く娘の頸筋《くびすじ》を見ていた。

八

暈《かさ》をかぶった月が出ていた。和三郎は長いこと待った。

「今夜は駄目かしら」

煙のような月光のこめた菜園の向うの植込みを見つめて、和三郎はつぶやいたが、立ち去れなかった。このままでは寝られない気がしたのだ。

また半時ばかり立った。

「駄目かな」

やっと、あきらめかけた時、植込みの陰に人影が見えた。

「やっと来た」

じっと目を凝らしていたが、それが誰だかわかると、

「あ！」

和三郎はうろたえて、足を戻しかけたが、早くも、新兵衛が呼び止めた。

「和三郎、美代は武士《さむらい》の娘だ。武士でない者の子にはやれぬのだ。今までのことは咎《とが》めぬ。これからは、一切口も利いてくれるでないぞ。頼むぞ」

新兵衛の言葉が静かであっただけ、和三郎は身を切られるような気がして、黙って顔を

伏せていた。

「おぬしは気の毒な男じゃが……」

新兵衛はつぶやくように言って、くるりと向うを向いて、立ち去った。

九

「和三郎、そなたは父様のお看護《みとり》もせずに、また酒を飲んでおりますな」

母は情なさそうに言った。夏から病みついた織部は、この二月ばかりの間に、今日明日をも知らぬ重態になっているのだ。

「飲みまする」

和三郎はふてぶてしく言って、机にのせた茶碗をとって一息に飲んだ。苦かった、むせ返るような気がした。

「どうして、まあ、そなたは」

母は涙ぐんでいた。

「おいて下され。折角《せっかく》の酒がまずくなりまする」

和三郎は又飲んだ。いつもうまいと思って飲む酒ではないのだ。

「明日とも知れぬ父様を半刻《はんとき》と看護《みと》ったこともなく……」

「おいて下され」和三郎はごろりと横になった。

「和三郎は父様のお顔が見とうございませぬ。いくら学問に励もうと、剣術に精出そうと、父様の子では和三郎の行方は闇《やみ》でございます。あんな父様、見るもいやでございます」

「不孝者！」

「ああ、不孝者で結構でございます。臆病武士の子には不孝者が丁度《ちょうど》よろしゅうございます」

母は涙ぐんだ眼で睨んでいたが、頭を垂れてしおしおと立ち去った。一人になると、和三郎の眼からあふれるように涙が出て来た。涙は頬を伝い、畳の上をべとべとと濡らした。和三郎は濡れた畳に頬をつけてじっとしていたが、むっくりと起き上った。

「闇、闇、闇、闇」

こんな文字が眼の前にちかちかと飛び廻った。和三郎は徳利に口をつけて、ごくごくと呷《あお》った。咽頭《のど》が灼《や》けそうな気がした。

「灼ける、灼ける」

心にくり返しながら、一滴も残さず飲みほした。

「苦い！」

ごろりと徳利をころがして、熱い息を吐いた時、

「和三郎、和三郎」異様なはげしさを持った母の声が聞えた。さすがにぎょっとして耳をすますと、

「和三郎、来て下され！」

病間の方で叫んでいるのだ。和三郎はのろりと立ち上った。

夥《おびただ》しく血を吐いている父だった。一時に和三郎は酔がさめた。蓬々《ぼうぼう》と伸びた月代《さかやき》、髯《ひげ》、亡霊のように痩せ衰えた顔——だが、織部は床の上に端坐《たんざ》して、眼だけはきらきらとかがやいて、「騒ぐな」と狼狽《ろうばい》している妻を叱っていたが、和三郎を見ると、微かに笑って、「坐れ」と細い、しかし、しっかりした声で言った。

(済まなんだ)和三郎の胸につき上げて来る思いだった。

「おやすみになって」寝せようとしたが、織部は首を振った。

「わしはもう今夜あたりいけぬらしい。それで、そちに言い残して置きたいことがあっての」

「横にお楽になりになって」

母も側から言ったが、また首を振った。

「そちはわしを恨んでいようの」

「……」

「それも無理はない。がの、わしはこう思うていたのだ。武士という者は、私の怨《うらみ》や私の意地で命を捨つべきでない。どこまでもお主《しゅう》の役に立って死なねばならぬ。それがために は恥も忍ばねばならぬし、嘲りもこらえねばならぬとの。そちは木村長門守《きむらながとのかみ》と茶坊主の話を知っていよう。長門守は権現様《ごんげんさま》が武士の亀鑑《かがみ》とまで仰せられた方じゃが、もし、あの花々しい戦死を遂げられるまでに、病死でもされたらば、臆病者の汚名は末代まで消えずに残ったであろう。武士の道はつらいものじゃ。身の晴《はれ》、身の名を思うてはならぬ。わしも的場を斬って捨ててと思わぬではなかったが、この考えを持つわしには、出来なんだ。わしもつらかったろう。お城試合の話も聞いている。隣家《となり》の美代どののことも知っている。そちじゃが、この父のこの心を酌んでくれ」

はじめて知る父の心に、和三郎は身が石に化するかと思った。

「わしは、わしのこの覚悟を御奉公に現わす機《おり》もなく、臆病者の名を負うて死んで行く。じゃが、じゃが、そちは、そちは……」

はげしい咳が出て、かっと血が床の上に散った。

「あ！」妻子はうろたえて立上ったが、織部はそれを制した。

「そちは、一生をかけて、一生をかけて、一生をかけ、わしの名を、わしの名を……」

一語ごとに、咳は言葉を遮《さえぎ》り、血は言葉と共に迸《ほとばし》った。

「手を、手を」

不明瞭に叫ぶと、和三郎の差出した手をしっかとつかんだ。

「父様、父様、父様……」

「たのむ」

声が、細く短くなって、織部は引ずり込まれるようにうつ伏して行った。

父を葬送《おく》った翌年の春、和三郎は江戸屋敷の若殿付きを命ぜられた。お城試合に現わした腕は、多少の認められるところがあったのである。一方、また、どういう重役達の考えであったか、的場仙太郎もまた若殿付きを命ぜられた。

十

突然、先駆《せんく》が騒ぎ出した。何かしきりに罵っている。御親戚の脇坂《わきざか》家からおかえりの、若殿の行列が細川《ほそかわ》家の門前にかかった時である。後《あと》乗りの和三郎が馬を走らせて行くと、

「突き倒して通れ!」

馬上に叫ぶ的場仙太郎の鋭い声がして、同時に突き飛ばされた者があった。仲間体《てい》の男である。泥だらけになって門内に駈け込んで行った。

「ざまァ見ろ!」こちらの供廻りの者は一様に叫んだ。

「どうしたのだ」と聞いてみると、塀の掃除をしていた細川家の仲間のまいた水が、ちょうど辻を曲って来かかったこちらの先駆の者に、ざぶりとかかったというのだった。

「早くやれ! 何をぐずぐずしとる」

仙太郎は和三郎を尻目にかけて叫んだ。

と、その時、わっと門内に声が上って、六尺棒をもった仲間共が、四五十人押し出して来た。

「ど、ど、どこの小大名か知らねえが、御家《おいえ》の仲間を泥だらけにされちゃ殿様に申しわけがねえ」

半裸のたくましい奴《やっこ》が、真先に立って大手をひろげた。

「どいつもこいつも、泥雑炊《どろぞうすい》を振舞わねえことには腹が癒《い》えねえ。さあ、野郎共、かかれ」

「合点《がってん》だ！」どっと犇《ひし》めいた。

「斬れ、斬れ、斬りすてて通れ」

仙太郎は真青になって怒号した。

「おおッ！」

一同が答えて刀の柄《つか》に手をかけた時、

「待て！」と叫んで和三郎は立ちふさがった。仙太郎はそれが和三郎であることを知ると、

「怯《おく》れたか、おのれ」と罵った。和三郎は微笑した。

「おまかせ願えまいか」

「なに！」

「若殿の御身の上こそ大事、貴殿はこれより御守護しておかえり下され。あとは拙者が身にかえてすませましょう故」

「おぬしが？」

仙太郎が、にくにくしげに和三郎を見つめていたが、急に火のついたように叫び出した。

「拙者も残ろう、拙者も残ろう」

「いや」和三郎はまた微笑した。

「このようなことは、拙者ごとき者に丁度ふさわしい。御手をかけられるほどのことはござらぬ」

そして、くるりと仲間共の方をふり向いて、慇懃《いんぎん》に言った。

「拙者が一人残って御挨拶するが、それで御堪忍願えようか」

仲間達はあっけに取られて返事をする者もなかったが、しばらくすると、真先に立った音頭振りが、思いきり悪そうに皆の顔を見廻しながら言った。

「それア、まあ、それでもよいが」

「そうか、では」

和三郎は味方に合図した。行列は粛々《しゆくしゆく》と通り過ぎて行った。和三郎は馬を止めて行列の遠ざかるのを見送っていたが、十分に遠ざかったと見るや、

「直々《じきじき》にお老臣《としより》方にお話し申す」と叫んで、一鞭《ひとむち》をあてた。

「あっ！」驚いて追いすがったが、和三郎はふり返りもせず、門前に乗りつけるや、ひらりと飛び下りて、すたすたと入って玄関にかかった。

「いずれより」

中年の武士が執次《とりつぎ》に出て来た。

「拙者は」和三郎はしずかに口を切った。

「松平石見《まつだいらいわみ》家中《かちゅう》のものでござるが、ただいま、若殿御供をいたして御門前を通行いたしましたところ御当家仲間の掃除の汚水、供のものにかかりましたため、拙者指図して突倒して通行いたしました。しかるに、その遺恨を散ぜんとでござろう、四五十人の人数、手ん手《で》に棒を振りかざして行手をさしふさぎ申しました。あの面々に渡り合いましたならば、御門前をお騒がせ申すは必定《ひつじょう》のこと。それも如何なものなれば、御庭先を拝借申して切腹仕《つかまつ》り、彼等が意趣《いしゅ》を晴らさせんと存じまして、これまで参上いたしました」

「しばらくそれへ」

執次の武士は青くなって内へ飛び込んで行った。

(死ねばよいのだ)

死を覚悟した男の心のすがすがしさ。二十一年の生涯に、はじめて味《あじわ》う爽快な気持であった。美代への恋も、的場一家への恨みも、家中の誹謗《ひぼう》も、この時を機にして朝霧のように消散しているのだ。

「父上、今こそ」

和三郎はよろこびにみちて、声なき声で叫んだ。

「お待たせ申しました。こちらへ」

再び出て来た執次の武士に案内されて通った座敷には、重役らしい六十前後の小柄な老人が坐っていた。

十一

両家不和の基《もとい》となることを恐れたのであろう、細川家の方では、自由に引取ってくれと言うのだったが、和三郎は頑固に言い張った。

「仰せは忝《かたじけな》きことながら、拙者も武士、今更おめおめと引取る事はできませぬ。拙者の申しつけ悪《あ》しきため、下賤《げせん》の者に天下の諸侯たる者が行列の途《みち》を塞がれましたこと、この上もなき恥辱、とにかくもお庭拝借いたしとうござる」

「当家のほうでも、かように折れておるのでござれば、貴殿の方も」

物馴れた様子の老人だが、ほとほと困り抜いているのだった。

「いや、拙者一人の身ならば、拙者の勘弁にて相済むことながら、主家《しゅか》の恥、おめおめと引取りましても、主人承知はいたさぬでござろう。是非共、お庭先を拝借申しまして……」

「後刻《ごこく》、当家より御挨拶の使いを……」

「いや、拙者の身より起りましたこと、拙者一人にて形《かた》をつけとうござる」

事実、和三郎は死ぬつもりであった。老人は当惑げに打案《うちあん》じていたが、しばらくして、

「しばらくお待ち下され」と挨拶して奥に入って行った。

和三郎は眼を閉じ、腕を組んで待ったが、間もなく、しずかに唐紙《からかみ》が開《あ》いて、足音がしたので、見ると、高貴な容貌をした人が、先刻《さっき》の老臣を随《したが》えて入って来た。

「殿でござる」

老臣は恭々《うやうや》しく紹介した。思いもかけないことだった。和三郎は敷物を退《さが》って平伏した。

「平《たい》らに、平らに」

細川越中守《えっちゅうのかみ》は、こう言いながら坐った。

「当家奴共、無礼を働いて御行列をさし塞ごうとした由、怪《け》しからぬこと。申訳もない。重立《おもだ》ったもの三人、ただいま成敗《せいばい》申しつけた。これで、得心して帰ってくれぬか」

夢を見ているような気がして、和三郎は返事ができなかった。

「不得心《ふとくしん》かの」

「忝《かたじけな》く存じまする。何事もこの上は申上げませぬ」

「重畳《ちょうじょう》々々」

越中守は立ち上って行きかけたが、ふとふり返った。

「名は何と申すぞ」

「間宮和三郎」

「年齢《とし》は」

「二十一歳に罷《まか》りなりまする」

「石見殿はいい御家来を持たれた。余は羨《うらや》ましい」

しみじみと越中守は感嘆した。

十二

癇癖《かんぺき》の強い石見守である。家臣達はうつ伏している膝の前にゆらゆらとゆれながら動く殿の影を見て、はらはらしていた。白昼のようにともし連《つら》ねた燭台の間を、しばらくも静止せずに歩き廻っているのだ。

「まだ使者はまいらぬか」

石見守はまた叫んだ。

「は、まだ……」一人が答えると、

「そち行って死骸引取ってまいれ。後《あと》は余に考えがある」

殿は殆ど憎悪にも似た声で叫んだ。

「は」答えて立ちかけた時、あわただしい足音がして、若侍が入って来た。

「申し上げます。間宮殿、ただいま帰って見えました」

「何？」

殿の叫びと同時だった。和三郎は入って来て平伏した。

「そちは、そちは……無事であったか」

殿は殆どあえいだ。

「はっ」

和三郎は、手短かに事の次第を物語った。

「かように仰せられまする故、死急《しにいそ》ぎするも無益《むえき》のことと存じまして……」

「わはははは」

殿は哄笑した。

「出来《でか》した、出来した。伝え聞く唐土《から》の藺相如《りんしょうじょ》とやらの功にも比すべき働き。余が見込みに違《たが》わざった。加増三百石取らして余が供頭《ともがしら》にしよう。出来した、出来した……」

和三郎は平伏していたが、肩のあたりがぶるぶるとふるえて来ると、低い声で言った。

「有難き仰せながら」

「なに？」

急に、殿は不機嫌になった。

「不足か」

「何しに」といいかけて、和三郎ははらはらと涙を流した。

「有難き仰せながら、この寸功を賞し給わんとの御心ならば、お暇《いとま》賜わらばこの上の……」

一座は愕然としたが、殿の驚きは最も甚だしかった。

「なに、なに、なんと申す。余に不足あってのことか。但しは……おのれ、越中奴《め》に利を以て誘われたな。彼は大藩、余は小藩……」

「お情なきお言葉……」

「言うな」

「しばらくお鎮まり下さりませ」和三郎はまた泣いた。

「亡父織部、臆病未練の名を負うてこの世を去りましたが、その末期《まつご》に拙者を呼んで申しますよう、武士は一筋に上《かみ》への忠を思うて、身の恥、身の名を顧《かえりみ》るべきでない。一旦の憤《いきどお》りにまかせて家中相争うが如きは、上への不忠、先祖への不孝、これより甚しきはない、とかように申しました。拙者は父のこの深き志を知る由もなく、父を恨み世を憤って、不孝のかぎりをつくしましたが、父の心を知りましてよりは、一筋に父の名を雪《すす》ぐことに心掛けました」

和三郎は、せき上げる涙を止めあえず、言葉をとぎらした。

「……」無言でうなずく殿の眼にも涙があった。

「拙者は、今日《こんにち》幸いにいささか父の名を雪ぐことを得ましたが、不敏の性《せい》、父ほどの心の修練がございませねば、この後、父ごとき立場に立ち至りました折、われながらわが身の心覚束《おぼつか》のうござります。身の恥、世の嘲りに心を乱さず、一筋に忠を存することが出来ますや否《いな》や。又、一方、拙者としては子孫のことを考えまする。子孫をしてこの苦しみを嘗《な》めさせるに忍びませぬ。されば、これを機に武士の道をやめ、百姓町人の身となり……」

和三郎は、又むせび泣いた。一座は愁然として、そこここにすすり泣きの声が起った。

「武士の身のつらさのう、惜しき者ながらさほどに思い込うだものを……」

殿は涙を払ってこう言うと、奥へ入って行こうとした。すると、

「しばらく」

と、末席《まつざ》から呼びかけて、真青な顔をして仙太郎が顔を上げていた。

「拙者にもお暇を下さりませ。すべては拙者より起りましたこと……」

「知っておる。が……」

「でなくば、拙者に切腹仰せつけ下さりませ」

必死の顔色《がんしょく》であった。なるほど、こうなっては、仙太郎としては、おめおめと家中に止まっておられるわけはないのである。

「是非がないのう」

嘆息と共に殿は言って、足早《ば》やに奥に入って行った。

「和三郎殿」

仙太郎は和三郎の前に来て、手をついた。

「拙者故に、故織部殿ごとき御人《ごじん》を、あたら汚辱の中《うち》に……」

「いやいや、凡人の悲しさ。いろいろと思いまどうこともござったが、今となってはうら

みもござらねば、憤りもござらぬ。お互に天涯無禄《てんがいむろく》の浪人の身の上、改めて御懇情、お願い申しまする」

「穴あらば入りたき思い」

仙太郎は首を垂れて、とぼとぼと退って行った。すると、又、側に来て呼びかける者があった。

「和三郎、美代を貰うてくれまいか」

その頑固な顔を涙だらけにしている新兵衛である。

「美代殿を？」

和三郎はさびしく微笑した。

「拙者は今日《こんにち》かぎり武士をやめ申した。心も形も、今日をかぎりに武士をやめて、鍬をとり、鋤《すき》をかつぐ身の上……」

「いや、いや、そちこそ武士。まことの武士じゃ。貰うてくれ、貰うてくれるの……」

老人は、和三郎の手をつかんで、さめざめと泣き出した。

権平けんかのこと

滝口　康彦

滝口康彦《たきぐちやすひこ》(一九二四〜)

大正十三年、長崎県に生まれる。幾つかの職を経て、昭和三十一年、NHKの契約ライターとなった。翌三十二年、オール新人杯に投じた「高柳父子」で作家デビュー。以後、九州に腰を据え、硬質な筆致で、武士の世界を描き続けている。「異聞浪人記」「拝領妻始末」が映画化された。

一

なにが原因で果し合いになったのかよくわからない。いつごろのことだったかも、正確には知りようがない。ともかく、なにかがもとで果し合いになった。

一方は松田与兵衛、相手は野副《のぞえ》甚兵衛、いずれも肥前佐賀三十五万七千石、鍋島家の武士で、与兵衛はまだ部屋住だったという。当主が健在でなかなか隠居をせず、そのため、四十になってもなお部屋住という例もないではないが、部屋住といえば、まず普通なら、せいぜい二十五、六であろう。とすれば、甚兵衛もほぼ同年輩と見てよい。

また、与兵衛と親しかった石井甚九は、享保九年に、六十五歳で死んでいる。そのへんから推しはかれば、いつごろのことだったのか、一応の見当はつけられぬでもなく、多分貞享年間、もしくは元禄の初めではなかったかと思われる。

このときの、松田与兵衛と野副甚兵衛の果し合いについては、「葉隠」巻の九に手短な記述がある。

いまさら、くだくだしく述べるまでもなく「葉隠」は、元禄十三年、二代佐賀藩主鍋島光茂の死後、髪をおろして、城北三里、金立村黒土原の草庵に隠棲していた山本常朝が、武士の心がまえについて語ったことを、田代又左衛門陣基が、折にふれ草庵をたずねて七年がかりで筆録し、享保元年秋に完成させたもので、総論ともいうべき夜陰の閑談以下、教訓一般、藩祖直茂、初代勝茂、その嫡男忠直、二代光茂らの言行や、佐賀藩士の逸話、他国武士のうわさ、そのほか合わせて、十一巻、千三百四十余項からなっている。

その「葉隠」巻の九にしるされた、松田与兵衛と野副甚兵衛の果し合いをめぐって、評価が二つにわかれ、二人の若侍がまっ向から対立した。

一人は中野権平、もう一人は二宮半四郎。場所は花房小路《くうじ》の千手帯刀老人の屋敷で、当の二人と、あるじの帯刀老人のほかに、鳥飼平馬、堤賢四郎、池田盛之進、新郷浩蔵、草津弘之丞、それに、老人の姪にあたるしのぶがいあわせていた。

花房小路は、佐賀城の東にある。花房小路の一つ北の通りは枳《げす》小路、南は会所《かいしょ》小路で、このあたりは、上士の屋敷が多い。千手帯刀老人も、五百石の身分であった。もっとも、先年嫡男の助九郎に家督を譲り、助九郎が江戸詰めとなったいまは、長年つれ添った老妻の初とともに気楽な隠居ぐらしである。

そんな老人にとって唯一のたのしみは、月に一度か二度、気に入った家中の若侍たちを集めて、「葉隠」の講釈をすることだった。帯刀老人は、三十年ほど前、何年もかかって自分で書きうつしたという「葉隠」の写本を持っていて、それがなによりも自慢の種なのである。といっても、

ひどくくだけた一面も持っていた。

「武士道というは死ぬことと見つけたり」

と、朝から晩まで、肩ひじ張っているわけではない。ひどくくだけた一面も持っていた。

ただ若いころは、ひとかどの一徹者だったらしく、

「がんこさに泣かされました」

と、ときどき初が思い出話をする。

佐賀は、青葉どきが美しい。なにしろ、至るところに名物の樟《くすのき》があって、緑をまき散らし、城下はすみずみまで青さにおおわれる。

そうした青葉どきのある午後、いつものように千手家には、若侍たちが集まってきた。みんなで七名である。そのうち、五名は嫡男で部屋住、二名は二男だった。

千手家には、先月なかばから、姪のしのぶが身を寄せている。しのぶはことし十七、正確には初の姪である。初の妹むこ、この春、江戸詰めをとかれて帰国してきた、大塚十左衛門の長女で、

「江戸育ちのわがまま娘、お国風のしつけができておりませぬ」

そういう十左衛門の頼みを聞いて、帯刀が預ったものであった。

「今日はそなたも、ここにひかえておれ」

帯刀老人は、その日、しのぶを、自分の左手にすわらせた。

もしほかの者が、そんなはからいをしようものなら、

「女を同席させるとはなにごとか」

と、目をとがらせることだろうが、自分のことには甘くなる。われ知らず、しのぶの美しさを、若侍たちに自慢したい気持が働いたのに違いない。それに、いま一つ、老人には、別なおもわくもないではなかった。

というのはほかでもない。大塚十左衛門には、跡取りがなかった。したがって、家を継がせるには、しのぶにむこ養子を迎えるほかはないのである。

十左衛門は、千手家に家中の若侍たちがしばしば出入りしていることを、帰国早々耳にして、しのぶを預ける際、

「しかるべき相手があれば、お取り持ちいただきたい」

とも申し入れていた。

隠居はしていても、帯刀老人は、いまなお家中に信望がある。

「花房小路の千手どの」

といえば、江戸詰めの者でも、たいてい名を知っていた。その帯刀のめがねにかなう若者なら、一も二もなくむこ養子に迎えてよいと、十左衛門は思っていた。

一方は江戸詰め、一方は国詰めとて、これまで親しくする機会こそなかったが、たがいの女房が姉と妹、つまり相むこの十左衛門の頼みだし、帯刀も、

「心得た」

と、こころよく承知したわけだった。すでに、一応の目算もあった。

「権平か半四郎か……」

二人とも二男であった。権平は二十五、半四郎は二十四、双方、男ぶりも悪くはなく、人間も年相応にしっかりしていた。どちらをむこに迎えても、決しておかしくはない。初も乗気になっていた。そんな矢先に、当の二人がまっ向から対立したのである。

二

若侍たちは、みなややかたくなっていた。しのぶと顔を合わせるのは、今日がはじめてではない。先月の集まりでも一度会ってはいる。ただそのときは、お茶を運んできたあとすぐ引きさがった。それでも、

「さすがに江戸育ち」

と、一目で強く印象づけられた。着物の着つけといい、化粧のしかたといい、ほかの娘たちとはくらべものにならぬくらいきわだっている。

帰り道、ひとしきりにぎわった。

「家つき娘ではどうにもならん」

堤賢四郎が、落胆したようにいった。中野権平と、二宮半四郎をのぞけば、あとの五名は、みな長男なのである。

「こんなことなら、二男か三男に生まれてくるところだったな」

草津弘之丞が、すぐに調子を合わせた。池田盛之進が、権平と半四郎に、

「いずれおごってもらうぞ」

といった。はては、日ごろ無口できまじめな新郷浩蔵までが、

「小ぬか三合あればむこにはいくななどというが、あれなら別だ」

といい出す始末だった。

「あのほくろがなんともいえん」

ため息まじりにそういったのは、鳥飼平馬である。

「ほくろだと……」

「いったいどこにあった」

「左の目じりだ」

「こ、こいつ。ほんのわずかなあいだに、こまかなことまで見てとったな」

あとは、はずんだ笑い声になった。そんなことがあっただけに、今日はいっそう、しのぶの姿がまぶしかった。しかも、初めから同じ座敷にすわっているとあってはなおさらそうである。

さいわいなことに、権平も半四郎も、帯刀老人のおもわくにはまだ気づいてはいない。気づけば、もっとかちかちになっただろう。やがて、老人はせきばらいをした。

さて、松田与兵衛と野副甚兵衛の果し合いのくだり、「葉隠」巻の九によれば、だいたいつぎの通りである。はじめには、

一、松田与兵衛喧嘩の事――とある。

松田与兵衛は、かねてから石井甚九と親しくしていたが、あるとき、野副甚兵衛に対して遺恨が生じ、

「討ち果してやる。参れ」

と果し合いを申し入れ、甚兵衛と打ちつれて、木原の山伏屋敷《やんぼし》へ出かけた。佐賀では、山伏のことをやんぼしという。木原は、花房小路からは、東南の方角にあたる。

山伏屋敷には堀があり、一本橋がかけ渡してあった。そこを渡ってから、その橋をとりはずし、与兵衛が遺恨のおもむきをいいたてた。遺恨の原因はわからない。甚兵衛はひたすらいいひらきをした。その結果、なんの仔細もないことがわかった。

「果し合いをするほどのことではなかった。帰ろう」

ということになったが、さっきとりはずして橋がない。

「この節、堀を越えることはまずいな。どうしようか」

といっているところへ、二人が果し合いに出かけたことを聞きつけた者たちが、堀ぎわまで忍び忍びに様子を見にきた。それを知って、与兵衛と甚兵衛は、とっさに覚悟をきめ、

「こうなってはもはやのっぴきならぬ。後日に不覚の悪名を残すことになるゆえ、いさぎ

よく立ち合おう」

と刀を抜いて斬り合った。たがいに血まみれになって斬り結ぶうち、与兵衛は深手を負って畑のあいだにうつぶせに倒れた。甚兵衛もいたでを受け、目に血がはいって与兵衛を見つけることができない。

「どこじゃ、与兵衛」

あえぎながらさがすところを、倒れたまま与兵衛が、横になぎはらって逆に甚兵衛をしとめた。とどめを刺そうとするが、手に力がはいらない。与兵衛は、足で刀をふまえてとどめを刺した。

そのあとを「葉隠」は、

——然る処に追々傍輩共かけつけ、与兵衛を連れ帰り、疵《きず》平癒後に切腹仰せ付けられ候。此の節、甚九を呼び、暇乞の盃《さかずき》仕り候由。

と結んでいる。

与兵衛と別れの杯をかわした石井甚九は、のちに利左衛門と名をあらためて鉄砲組頭をつとめ、享保九年、六十五で死んだ。帯刀老人は二十代であった。

三

読み終わった「葉隠」巻の九をとじてかたわらにおいた帯刀老人は、

「どうだな」

という風に、七名の若侍たちをゆっくり見まわした。すぐにはだれも答えない。老人の目は、中野権平の顔にとまった。明らかに強い感動の色が浮かんでいる。その感動を押さえかねたのであろう。

「まことに、よか話を聞かせていただきました。松田与兵衛の見事な振舞、武士はだれしもこうありたいもの、中野権平、ほとほと感じ入ってございます」

自分のことばに酔ったように、権平はいった。眉がこく、目も大きいし、鼻筋もよく通って、権平は見るからに男らしい。見かけばかりではなく、腕も立った。八幡小路《はちまんくうじ》にある体捨流の道場でも、一、二を争うほどであった。そんな権平のことばだけに、堤賢四郎と草津弘之丞が、

「いかにも」

とうなずいた。老人は、二宮半四郎に目をやった。半四郎は、どちらかといえば、知的な青年である。ときどき、はっとするようなことをいって人をおどろかせる。

鷹匠小路の二宮家の二男であった。鷹匠はふつう、たかじょうと読む。佐賀では、たかしゅうと呼ぶのがならいである。鷹匠小路には、花房小路や会所小路とくらべて、やや家格が下の者が住んだ。しかし、二宮家はそう悪くはない。

「半四郎、おぬしはどうなのだ」

権平は半四郎を見た。半四郎は、こともなげに、

「おれは反対だな。ばかげたことじゃ」

といった。

「なに、ばかげたことだと」

思わず、権平の声が高くなった。

「そうだとも。ばかもばか、松田与兵衛は大ばかじゃ」

ずばっと、半四郎はきめつけた。

「半四郎、貴様、正気でいうのか」

「もちろん正気だ」

「理由をいえ。松田与兵衛のどこがばかじゃ。返事しだいでは許さんぞ」

権平は、むきになってつめ寄った。半四郎は落ち着いている。

「あらためていうまでもなかろう」

「おれにはわからん。はっきりと申せ」

「ではいおう」

半四郎はにじり出た。

「よいか権平。斬り合いになってからの、松田与兵衛の振舞はいかにも見事だ。それについては、おれも異存はなか」

だがそれ以前のことがほめられぬと、半四郎はいった。

「だから、どこがどういかんというのだ」

「二人は信念から刀を抜いておらぬ」

「信念から抜いておらぬ……」

「そうではないか」

半四郎がいうのはこうである。

――果し合いをするほどのことではなかった。

松田与兵衛も、野副甚兵衛も、いったんは刀を鞘におさめたのだ。だれもそこへきあわさなければ、そのままなにごともなくすんだに違いない。ところがあいにくと人がきてしまった。それゆえ、二人はやむなく、ふたたび刀を抜くはめになった。

「つまりは、松田与兵衛も野副甚兵衛も、人の目、人の口がおそろしくて、いったんおさめた刀をまた抜いたのだ。むだに命を捨てたのだ。主君にささげるべき大事な命、そがんつまらんことでみすみす捨てるとは、犬死といわれても仕方があるまい」

「なにをいう、犬死でもよかとじゃ」

権平は強くいい返した。

「犬死でもよか……」

「わからんとか、そのりくつ」

「わからんな、おれには」

「ばかな。半四郎、おぬし、なんのために葉隠ば学んどる。よいか、山本常朝先生はこう申されとるぞ」

権平は姿勢を正すと「葉隠」中のつぎの一節を、朗々と唱した。後世、もっとも有名になった、代表的な章句である。
一、武士道というは死ぬことと見つけたり。二つ二つの場にて、早く死ぬかたに片づくばかりなり。別に仔細なし。胸すわって進むなり。図にあたらぬは犬死などということは、上方風の打上りたる（軽薄な）武道なるべし。二つ二つの場にて、図にあたるようにわかることは及ばぬことなり……。
「ここはつまり、生か死か、二つに一つというときは、まず死をえらべということじゃ。ほかに意味はない。覚悟をきめてただ進むのみ、見事な死になるか、犬死になるかわかりはせぬ。そがんことはどうでもよかということじゃ。半四郎、さあ、これから先がかんじんじゃぞ」

権平はさらにことばを継いだ。

「我人《われひと》、生くる方が数奇《すき》（好き）なり。多分数奇のかたに理が付くべし。もし図にはずれて生きたらば腰抜けなり。このさかい危きなり。図にはずれて死にたらば犬死気ちがいなり。恥にはならず。よかか、ここば聞け。図にはずれて死にたらば犬死気ちがいなり。恥にはならず、恥にはならず」

犬死気ちがいでも恥にはならずというところを、権平はくり返し強調した。半四郎も負けてはいない。「葉隠」の教えが絶対とはかぎらぬ、慶長、元和の昔ならいざ知らず、いまは時世が変わったのじゃとくいさがる。

すると権平は、いまをもって昔をあげつろうなと反論、意見はまっ向から対立して、はては刀を引き寄せんばかりであった。

堤賢四郎も、池田盛之進も、草津弘之丞、新郷浩蔵、鳥飼平馬も息をつめてなりゆきを見守っていた。

しのぶは青ざめていた。しかし、身動き一つしない。さすがに武家娘であった。

四

いままでにも、意見の相違が出ることはしばしばありはしたが、たいていの場合、ほどほどでおさまった。それが今日にかぎって、こうまで白熱したのは、一つには、千手老人のかたわらにつつましくひかえているしのぶの存在が、権平と半四郎に、必要以上の気負いを与えたせいと考えられなくもない。ともあれ、ほってもおけず、

「待て待て。そがんたかぶってはいかん。双方とも落ち着け」

とあいだにはいり、

「権平のいうことにも、半四郎のいいぶんにも、それぞれ一理はある。常朝先生の教えにそのままましたがえば、たしかに権平のいう通りであろうが、それをうのみにする必要はないという、半四郎の説も捨てがたい」

さすがに亀の甲より年の功、帯刀老人は、ひとまず、権平、半四郎のどちらをも傷つけぬいいかたをした。

権平はそれが気に入らない。

「ご老人ご自身のお考えは、どうでございますか」

と切りこんだ。

「どっちが正しくて、どっちが間違いとはわしにはいえん。常朝先生ならば、ずばっと断をくだされようが、わしは、みなも知る通りの凡々たる人間じゃ。絶えず葉隠に接していてさえ、まだとくと判断のつかんところがいくらもあってな」

「では、結論は出せんとでも」

「さよう。わしにはでけん。また、田代陣基どのも、松田与兵衛けんかのくだりに、論評らしきものは、なに一つ書き加えてはおられんのじゃ」

日ごろの老人らしくない、あいまいな答えだが、権平は一応それで納得した。老人が、わざとあいまいなことしかいわない理由に気づいたからであった。

「しのぶ、硯と紙、そして一升ますを縁がわに用意してくれ」

しばらくして、老人はそういった。しのぶはすぐ、いわれる通りにした。若侍たちは、顔を見合わせた。

「ご老人、いったい、どがんなさっとでございますか」

草津弘之丞がたずねた。

「入れ札ばしてもらいたか」

「え、入れ札ば……」

「一人ずつ縁がわにいって、松田与兵衛と野副甚兵衛の振舞、よしと思う者はまる、いなと思う者は、菱形《ひしがた》をしるしてもらいたかとじゃ。むろん自分の名は書かんでよか。書き終わったら、二つに折って結び、ますの中に入れること」

入れ札によって、是か非かの決着をつけようというのではない。当節の若い者がどう考えるか、それを知りたかった。

「だから、つくりかざりをせず、思った通りにしるしをつけてもらいたい」

と老人は念を押した。

「では、てまえから」

すぐ権平が座を立とうとする。

「待て待て。おぬしと半四郎はあとまわしじゃ」

老人はあわててとめた。権平と半四郎が先にやれば、あとの五名の心理に、微妙な作用を及ぼすおそれがある。おそらく老人は、そこをおもんぱかったに違いない。

まず鳥飼平馬が席を立った。新緑の庭に面した縁がわにいき、こちらに背を向けてすわると、静かに墨をすり、筆をとった。そのとき、平馬の方へは向かず、

「待て、平馬」

と権平が声をかけた。

「なんでじゃ」

「障子ばしめてから筆をとるがよか」

権平のいう意味がわかったのであろう。老人の口もとに微笑が浮かんだ。平馬は、けげんな顔をしている。

権平がかさねていった。

「平馬、障子ばしめよ。しめねば、右肩の動きで、どがん書いたか察しがつく」

なるほどと、二、三人が顔を見合わせた。平馬にもわかったらしい。だが、平馬はこういった。

「その心配は無用にせい。ふり向く者など一人もおらんはず」

しのぶは、権平に目をやった。権平はいった。

「それは知っとる。おれはただ、心得ばいうとるとじゃ」

老人の口もとに、また微笑が浮かんだ。

「わかった権平」

平馬はあっさり障子をしめた。平馬のあとは、池田盛之進、堤賢四郎、新郷浩蔵、草津弘之丞の順にすませ、六番目が二宮平四郎、最後が中野権平であった。権平は、どうしてか、ほかの者よりいくぶん時間がかかった。そのわけはあとでわかった。

権平が席にもどると、こんどはかわって、しのぶが縁がわに出ていき、ますの中をかきまぜてから、老人の前に持っていった。結果は、まるが五つ、菱形が二つ、むろんみな無記名だが、一つだけ例外があった。権平一人は、まるではなく、

「是《ぜ》、中野権平」と名前まで書きこんでいたのである。いかにも権平らしかった。

「見ての通り、是が五つ、非が二つじゃ。このことについては、わしはとかくは申すまい。是と思う者は、是と思うてよし。非と信ずる者は、非と信じてよし。なお、この入れ札のこと、ただいまかぎり、さっぱりと忘れてもらいたい。よいな」

あらためて念を押す老人のことばに、一同は素直にうなずいた。

五

「葉隠」巻の九にある松田与兵衛けんかの一件は、こうして、ともかくおさまりがついたかにいったんは見えた。ところが、実はそうではなく、違った形で後日に尾を引くことになったのである。

七、八日たったある日、帯刀老人は、それとなくしのぶに、

「あの二人、どう思う」

ときいて見た。しのぶは、父の十左衛門や伯父帯刀のおもわくに、まだ気づいていないはずだった。

「さあ……」

しのぶは、小首をかしげて、にこっと笑った。いきなりどう思うなどときかれても答えようがない。

二宮半四郎の説にも、たしかに一理があった。松田与兵衛も野副甚兵衛も、半四郎のいう通り、人の目、人の口がおそろしく、死を急いだようなところがある。

半四郎は、いかにも聡明そうな、広い額の持主で、目もすずしく澄んでいた。立居振舞もりりしい。

一方、中野権平の態度もおもしろいと思った。権平のいうことが、正しいかどうかは別として、彼の態度は、水ぎわだってさわやかだった。鳥飼平馬に、

「障子をしめよ」

といったことも印象に残っているが、ことに入れ札の際、堂々と中野権平と名をしるしたことが、なんとも男らしく、こころよかった。しかし、現実の問題として考えた場合、権平のような態度は困る。松田与兵衛のような死にかたをされたのでは、つれ添う女房は

たまったものではない。

「そうでございましょう、伯父さま」

いたずらっぽく、しのぶは笑った。戦国の気風の根強く残っていた、寛永、正保のころならともかく、いまは太平無事の世の中なのである。寛永の末からなら、すでに百二十年近く、松田与兵衛が果し合いをしたと見られる、元禄の初めから数えても、六十年以上たっている。

帯刀老人自身にも、権平のいさぎよさ、男らしさをこのもしく思う半面、多少はあやぶむ気持もあった。初はどうやら、二宮半四郎の方に心が傾いているらしい。

「半四郎どのの方が、思慮ぶかそうでございますな」

二、三日前にそういった。初にとって、しのぶは血のつながった姪である。老人より、親身なのは無理もなかった。

しのぶは、ふっと思いついたように、

「それはそうと、伯父さまならば、あのときの入れ札、どうなさいます」

老人にたずねた。

「むろんのこと、まるをつけるにきまっておるわ」

断固として、老人は答えた。

あくる日、帯刀老人は、いつものくせで、まだ暗いうちに床をはなれた。七つ半――五時をすこしまわったころである。

「鳥飼平馬どのが見えました」

初がそう知らせにきたのは、着がえを終わって間もなくだった。ただごとではないのがすぐわかった。

「ご老人、一大事でございます」

玄関に出ていくと、平馬が血相変えて立っていた。

「どうしたのだ」

「権平と半四郎が、果し合いに出かけたそうでございます」

「なに、果し合い」

とっさに老人は、先日の二人の口論を思い出した。

「いいえ、あのときの口論が、直接の原因ではございません」

あわてて打ち消したが、平馬自身も、くわしいことは知らない。なんでも半四郎が、権平の悪口をいい、それを耳にした権平が果し状をつきつけ、半四郎もただちに応じたのだという。平馬にそれを知らせたのは、二宮家の中間だった。

「時刻は明け六つ、場所は清心院の森とのことでございます」

平馬の息ははずんでいた。明け六つには、もういくらもない。

「よし、すぐわしもいく」

できれば、まるくおさめたかった。どうでもたがいの意地が立たぬというのなら、検分役をつとめ、いさぎよく立ち合わせよう。平馬もそのつもりだった。

「お願いいたします」

「待て、平馬」

走り出そうとする平馬を、老人は呼びとめて、

「このこと、ほかにもらしたりはしていまいな」

「おっしゃるまでもございません」

「ならばよい。とにかく、ほかの者に気づかれるな。へたをすれば、与兵衛がけんかの二の舞いじゃ」

「心得ております。ではごめん」

平馬は、一礼して小走りに去った。

「ばばどの、袴じゃ」

手早く袴をつけ終わり、帯刀老人は、両刀をたばさむと平馬を追って飛び出した。後ろで、なにかいう、かん高いしのぶの声がした。それをなだめる初の声もする。

清心院は、古義真言宗大覚寺派の寺で、佐賀城の東北にあった。本尊は、二代鍋島光茂の後室、栄正院が勧請《かんじょう》した観世音。寺内には四代吉茂が、宝永年間に建立した観音堂がある。花房小路からだと、小走りに急げば、いまの時間にして、十五分そこその道のりで

あった。

老人は走った。気ばかりはやっても、足がいうことをきかない。鳥飼平馬の姿はもう見えなかった。

侍屋敷の立ちならぶ小路《くうじ》、小路をかけぬけると、家並みがとぎれて、道は田圃のあいだを縫って北に走っている。その左右は、穂の出そろった麦が、色づきかけていた。

立ちどまって呼吸をととのえたとき、老人の横をだれかがかけぬけると、立ちどまってふり返った。

「しのぶ……」

老人はあっけにとられた。しのぶは、男物の小袖と袴をつけていた。からだに多少合わない。見覚えがある。いまは江戸にいる当主の助九郎が、元服前に着ていたものだった。

しのぶは、腰には大小をたばさんでいる。髪もといて、男のようにたばねて結び、その先を長く背にたらしていた。

「なにごとだ」

「伯父さまのけんかのおさめぶり、拝見しとうございます」

六

間もなく、外ぐるわの役目をしている土居に出た。土居には松が茂っている。土居の下は、東西につづく堀であった。小さい橋がかかっていた。

その橋を渡ると、また麦の穂波がひらけ、そこをさらに東北に進むと、こんもりと茂った森があらわれた。森の奥に清心院がある。人里はなれて、果し合いには屈竟《くっきょう》の場所であった。

山門への途中に、一足先にかけつけた鳥飼平馬が待っていた。あたりはかなり暗い。暗いが、顔の見わけはついた。

「まだ斬り合ってはおりませぬ」

平馬は、森の奥を指さした。山門よりも左手にあたる。なにをいっているのか、よく聞きとれないが、たかぶった権平と半四郎の声がする。

三人は、足音をしのばせて、声のする方へ近づいていった。権平たちに悟られてはならなかった。

また二人の声がした。強くなじっているのは権平で、半四郎の方は、しきりにいいひらきしているらしい。

「あ――」

森の入口の方を、なにげなくふり返って、しのぶは顔色を変えた。そのあたりは、明るくなりかけているので、しのぶのところからはよくわかる。人影が、五つ見えた。若い武士のようであった。つれだって、こっちへやってくるらしい。

寺まいりなどとは思われない。権平と半四郎が果し合いすることを、聞きつけたのに違いなかった。平馬は、先頭の男に見覚えがあった。岸井弥十郎という男である。なにかと面倒を起こして、とかくのうわさのある憎まれ者だった。ほかの四人は、おそらく取り巻きであろう。

「まずい」

帯刀老人の顔色も変わった。いま、果し合いの場に近づかれては、とりかえしのつかないことにもなりかねない。

「平馬、こっちへ近づけるな。文句をいうやつがあれば、わしの名を出すがよい」

「かしこまりました」

平馬が走っていった。押し問答になったのが、しのぶのところからもわかる。平馬は、なんとか説き伏せたらしい。岸井弥十郎たちはその場にとどまった。

それをたしかめてから、帯刀老人としのぶは、さらに奥へいった。二人の声が、すぐそこに聞こえる。権平の声は、さっきよりだいぶおだやかになっていた。

老人としのぶのは、椎の木のかげに身をひそめた。すこし先に、そう広くはないが、ほどよいあき地があって、そこに、権平と半四郎が向い合っている。

権平の声がした。

「では半四郎、中野権平は酒くらいの役立たず、そがんいうた覚え、絶対になかというのじゃな」

「うん。絶対にいうてはおらん。さっきからなんべんもくり返した通り、おれは、中野権平は、酒はのむが物の役には立つ男じゃ、そがんいうた」

名をいうわけにはいかんが、酒くらいうんぬんと悪口をいったのはほかにいる。だからおれは、逆におぬしのために弁じたのだと半四郎はいい添えた。

「しかとか」

「おれも武士じゃ、神明にかけて嘘いつわりはない。証人もいる」

「だれだ」

「大山伝八にただしてくれ。ほかに沼田七兵衛もいた」

帯刀老人にも、ようやくだいたいのいきさつがのみこめてきた。八幡小路には、丸目蔵《まるめくらん》人《ど》の流れを汲《く》んだ体捨流の道場がある。そこに稽古に出かけた際、二宮半四郎がいったことばが、権平の耳にあやまって伝わったらしい。半四郎は、かげぐちをたたくような男ではなかった。

「大山伝八と沼田七兵衛が、どういう人間かは、おぬしも知っているはずだ」

半四郎はいった。

「うん、あの二人なら信用できる」

権平はうなずいた。

「しかし、念のため、おぬしがじかにたしかめてもらいたい。でなければ、おれの気がすまぬ」

「よし、それほどいうなら、そがんしよう。とにかく、果し合いをするほどのことではなかった」

権平は、鯉ぐちを切っていた大刀を、もとにもどした。

「かたじけない。わかってくれて礼をいう」

半四郎は、額の汗を手の甲でぬぐった。権平がさばさばといった。

「許してくれ半四郎。昨日はつい、虫のいどころが悪かった。ろくろく話をたしかめもせず、かっとしてしもうた」

一つには、このあいだのことが、やはりしこりになっていたのでなと、権平は正直に打ち明けた。

「いきなり果し状を届けられて、一時はおれもおどろいたぞ。刀を抜けば、とうていおぬしに勝てぬことはわかっているが、いよいよとなれば、立ち合うほかはない。命を捨てる覚悟だけはついていた。もっとも、勝ったおぬしとて、まず切腹はまぬがれまい。それゆえ、見苦しいとは知りつつ、必死でいいひらきをしたが、そのかいがあった」

半四郎は大きく息をした。声を出して、権平が笑った。

「権平、なにがおかしい」

「この前、千手ご老人にうかがった、松田与兵衛がけんかにそっくりのなりゆきになったからだ」

「違うのは果し合いの場所だけか」

半四郎もはじめて、白い歯を見せた。

「どがんする、権平」

「ことのついでだ。つれだって帰ろう」

二人は、どちらからともなく、肩をならべて歩き出した。

――まずはよかった。

木かげからなりゆきを見届けて、帯刀老人はほっとした。青ざめていたしのぶのおもてにも、血の色がよみがえっている。いつもどってきたのか、平馬もそばに立っていて、深い吐息をもらした。

権平と半四郎は、なにも気づかず通り過ぎた。老人は、森の入口へ目をやった。岸井弥十郎たちのことが、気がかりだったからである。どこにも人影はなかった。が、安心するのは早かった。

「しまった」

平馬が、色を失ってかけ出した。さっき平馬に制止されて、いったん身を隠していた岸井弥十郎たち五名が、権平たちの前に、ぞろぞろあらわれたのである。

七

「権平も半四郎も待て」

弥十郎は、ふところ手のまま、にやりと笑った。家中でも鼻つまみのこの男は、いつだったか権平に、こっぴどくたしなめられたことがあり、それを深く怨んでいた。

二宮半四郎の顔がこわばった。権平は足をとめた。

「弥十郎か。どうした」

「どうしたもこうしたもない。おぬしら、このまま帰るのか」

弥十郎は一歩前に出た。

「よせ弥十郎。約束が違うぞ。おぬしら、さわがぬというたはずだ」

鳥飼平馬が、横合から飛び出した。弥十郎はせせら笑った。

「約束はひとまず守った。だが、もう違う。このまま見過ごしにはできん」

「なにっ」

平馬は、権平たちをかばう形に、弥十郎の前に立ちふさがった。弥十郎は、あごをしゃくった。

「のけ、平馬」

「そうはいかん」

両手をひろげる平馬へ、

「平馬、いいからさがっておれ」

帯刀老人が声をかけた。

「しかし、ご老人」

「いよいよのときは、わしが出る。ひとまずさがるがよか」

おだやかだが、きっぱり老人はいった。権平は、老人と平馬を見た。彼は、老人と平馬が、なんのためここにきていたのか、気がついたようであった。

老人にいわれて平馬がさがると、弥十郎は権平の真正面に立った。それに気づいて、弥十郎の後ろにならんだ。彼らの悪意は、はっきりわかった。取り巻きたちも、弥十郎も、さっきとは顔色が一変している。帯刀老人も平馬も、例外ではない。権平も半四郎も、
しのぶは、なお木かげにひそんでいた。のどがかわいてきた。権平も半四郎も、どうするつもりなのか。それが気がかりだった。てのひらが汗ばんでいた。

夜は明け放たれて、あたりはすっかり明るくなっている。弥十郎の魂胆は、しのぶにも読めた。

いまや、なにもかもが、松田与兵衛と野副甚兵衛のけんかと、そっくりのなりゆきであった。

――ぶじにおさまってくれますように。

しのぶは祈った。権平は、わざととぼけていった。

「弥十郎、なにがいいたかとじゃ」

「聞き返すまでもなかろう。権平、いったんしかけた果し合い、なんでやめた」

「理由がなかごとなった。ただそれだけの話じゃ」

あわてず、権平は答えた。

「理由がなか……」

「のいてくれ。帰る」

「ばかな」

「ばかとはなんだ」

「権平、おぬし、二枚舌を使うのか」

「二枚舌だと。無礼なことをいうな」

権平の顔に朱がさした。

「なにが無礼じゃ。間違いなく二枚舌ではないか」

憎々しく弥十郎はいった。

「黙れ。二枚舌など使うた覚えはない」

「ないとはいわさぬ。おれはたしかに聞かされた。草津弘之丞にな」

「なにをだ」

「松田与兵衛が振舞、まことに見事と、おぬし、はっきりいうたはず。そこにおいでの、千手さまのお屋敷で……」

どうだと、勝ち誇ったように、弥十郎は権平を見すえた。

「いかにもいうた」

権平は、ゆっくりとうなずいた。顔色こそ変わっているが、まだ落ち着きは失っていない。

弥十郎は、草津弘之丞のことばを、逆手にとっていた。弘之丞は、決して権平をそしったわけではない。そしるどころか、心から感服して、権平のことを語ったのだ。

弥十郎はたたみかけた。

「権平、松田与兵衛の振舞、まことに見事と賞めたのなら、なぜその通りにせぬ。しかけた果し合いをやめるとは、臆病風に吹かれたのか」

しのぶは息をのんだ。こうまでいわれて、権平が黙っているはずがない。そう思ったからである。が、権平はなお動じなかった。かわって、半四郎が進み出た。

「弥十郎、その返事はおれがする」

くるっと、弥十郎に背を見せ、

「権平、抜けっ」

と、刀の鯉ぐちを切った。

「なにをいう。血迷ったのか半四郎」

権平は両手をひろげた。

「血迷うてなどおらぬ。抜け、権平。こうなっては、立ち合う以外にない」

半四郎の顔はまっさおになり、目がつりあがっていた。

「待て半四郎。おぬし、この前はっきりいうたはずだ。松田与兵衛のこと、ばかもばか、大ばかと」

「たしかにいうた。だが、それとこれとは話が別じゃ。ばかなことを、ばかと承知でせねばならぬこともある。それがいまわかった。抜け、権平」

半四郎は、刀のつかに手をかけた。権平はかさねていった。

「あわてるな。おぬしはあのときこういうたぞ。松田与兵衛も野副甚兵衛も、信念から刀を抜いてはおらぬと。人の目、人の口をおそれて刀を抜いたと。そのおぬしが、同じまねをするのか」

「しかし権平」

「半四郎、抜くのはいつでもできる。まずこの場はおれにまかせておけ。弥十郎との話はおれがつける」

「おう、つけてもらおう」

弥十郎が肩をそびやかした。権平は、半四郎を脇の方へ押しのけて、弥十郎と真正面から向い合った。

「弥十郎、おぬしはさっき、おれに二枚舌というたな」

「いうたがどうした。その通りではないか」

「違うな」

権平は笑った。十分ゆとりのある笑いかたであった。

「どう違う」

いたけだかに弥十郎はつめよった。権平はまた笑った。

「おれはたしかに、松田与兵衛の振舞、まことに見事といいはした。だが、おれも与兵衛のまねをするとは、ただの一言もいうてはおらんぞ」

「なんだと……」

意表をつかれた弥十郎は、つぎのことばが見つからなかった。

「証人はちゃんといる。半四郎はけんかの相手ゆえのぞくとして、まずそこにいる鳥飼平馬」

なりゆきを見守っていた鳥飼平馬が、すぐそのことばを受けた。

「そうだ。おれが証人だ。千手ご老人もご存じなされとる」

「うむ」

弥十郎はつまった。

木かげにひそんでいたしのぶは、ほっとした。これで、血を流すことなく、無事におさまってくれると思った。

八

権平がいった。

「弥十郎、けんかのけりはついた。今日のことで、とかくのうわさは立てぬと誓え。おぬしといっしょに、ここへきた連中も同様だ。一切口外せぬと誓うか」

弥十郎は意地悪く笑った。

「そうはいかぬ。われわれには、目もあれば口もある」

「いいふらすというのだな」

「それがいやなら、半四郎を相手に、見事に結着つけるがよか」

弥十郎はまたにやっとした。

「そうだそうだ」

後ろの四名も、いっせいにはやし立てる。弥十郎には、はじめからことを穏便におさめるつもりはなかった。どうでも権平と半四郎に、果し合いをさせるつもりなのだ。二人が立ち合えば、権平が勝つことは間違いない。しかし、勝った権平も無事にはすむまい。九分九厘切腹に追いこまれよう。弥十郎は、そこをねらっているに違いなかった。

鳥飼平馬の手が、いつの間にかにぎりこぶしに変わっている。彼も、弥十郎の魂胆に気がついたのだ。

権平は無言だった。半四郎の顔は、異様にひきつっている。死ぬほかはないと腹をきめたのだろう。

しのぶは帯刀老人に目をやった。権平と半四郎の窮地を救ってやれるのは、もう老人以外にない。

だが、老人は平然としていた。

「どうなのだ、権平」

弥十郎が、とどめを刺すようにいった。

「わかった弥十郎。おぬしがそれほどいうのなら、いかにも結着をつけよう」

そのことばの終わらぬうちに、半四郎が刀のつかに手をかけた。

「いくぞ権平」

「うろたえるな。おぬしの方はあとまわしじゃ」

半四郎を制した権平は、

「弥十郎、抜け」

すらりと大刀の鞘をはらった。

「な、なにっ」

あわてる弥十郎の目の前に、権平はぴたりときっ先をつきつけると、弥十郎の肩ごしに、後ろの四名にいった。

「おぬしらも、同時にかかってかまわぬ。相手になろう」

権平の目に、はげしい怒りが宿った。

「ご、権平……」

弥十郎の声がかすれた。取り巻きたちも、唇の色を失った。八幡小路の道場で、一、二といわれる権平の腕は、だれもがとっくに知っている。五人がかりでも、とうてい勝てる見こみはなかった。

権平は、たたきつけるようにいった。

「たった一つしかない命を捨てるのだ。ただでは死なぬ。臆病者呼ばわりをしたおぬしらを、一人も残さずたたっ斬った上で、半四郎と刺し違える」

弥十郎はなにかいおうとしたが、声が出ない。顔は死人のようであった。

「どうした。なぜ抜かぬ」

形勢は逆転した。

「待ってくれ、権平」

恥も外聞もなく、弥十郎は両手をあげた。そのとき、はじめて千手帯刀老人が、あいだに割っていった。

「それまで、それまで。ここは、この千手帯刀が預かろう」

「ご老人……」

弥十郎の唇がふるえた。帯刀老人は、おだやかにいった。

「弥十郎、その方は、つれといっしょに、なにもいわず引き上げよ。なんでもなかったような顔をしてな」

「はっ」

「おぬしと同じで、わしにも、目もあれば口もある。じゃがわしは、いってよいことと悪いことぐらい、ちゃんとわきまえておるからの」

ちくりと皮肉をきかせることを、帯刀老人は忘れなかった。弥十郎たちは、きまり悪そうに、こそこそ去っていった。

老人はいった。

「権平、わしの裁き、不服はなかろうな」

「不服だなどと……。お扱い、まことにありがとうございました」

刀を鞘におさめて、素直に権平は礼をいった。

「権平……」

半四郎がかけ寄って、権平の手をにぎりしめた。

「かたじけない。礼をいうぞ。これで、これで死なずにすんだ……」

はっきり、ことばにならない。半四郎は、肩をふるわせた。

「ばか。泣いているのか、おぬし」

「おれは、うろたえ者だ。口先ばかりで、腹がすわっておらぬ。それに引きかえ、おぬしは、おぬしは……」

「なにをいう。おれこそ、うろたえ者だ。ろくにたしかめもせず、果し状をつきつけたり……。おれは、そのしりぬぐいをしただけのことだ」

さばさばと、権平は笑った。

「そろそろ引き上げるか」

横から、鳥飼平馬がうながした。権平も、半四郎も、ここへしのぶがきていたことは知らない。だから平馬は、一切それを口にはしなかった。

「これでむこどのがきまったな」

老人は、心の中でつぶやいた。

三人の若者たちの姿が遠ざかってから、老人は、

「しのぶ」

と呼んだ。どこからも答えはなかった。いつの間にか、だれにも気づかれぬよう、引き上げたものらしい。

もともと、佐賀というところは、なかなかうるさい。それを承知して、ここへかけつけ

るとき、しのぶはとっさに男姿になったのに違いなかった。そして、平馬をのぞく、ほかのだれにも気づかれぬよう、最後まで身をひそめていたのであろう。

「江戸育ちのわがまま娘、お国風のしつけができておりませぬなどといいおったが、十左め、ようしつけた……」

老人は、森の出口に向って、ゆっくり歩き出した。立ちならんだ木々の梢の空は、青く澄んでいた。

解説

細谷 正充

武士という階級がなくなって、すでに百年以上の月日が流れた。しかし今なお、武士の生き方を指し示す〝武士道〟に心惹かれる日本人は多い。それは武士道の中に、人間はいかに生きるべきかという、根源的な命題の答えが存在するからだ。本書『武士の本懐』は、何らかの形で武士道が表現されている作品を集めた、武士道小説アンソロジーである。それぞれの作家の描く武士たちの姿から、武士道とは何か、さらには人間の生きる道とは何かを、読者は自然と感得することだろう。

なお、収録作品は物語の時代順ではなく、あえてランダムに並べてみた。これにより武士道を多角的に捉えられるようにとの意図あってのことである。戦国から江戸時代を、行きつ戻りつしながら、武士道の諸相を楽しんでいただきたい。

「武士《おとこ》の紋章」（「歴史読本」一九六七年六月号）

アンソロジーの冒頭を飾るのは、戦国から江戸初期を、武士としての筋を通しながら、飄々と生きた滝川三九郎の一代記である。徳川方の藩に仕えながら、真田昌幸の娘を妻に貰い受け、さらには大坂の陣の後、幸村の娘ふたりを引き取り、幕府に睨まれながらも、時代の流れに身を任せるように日々を暮らす。かつて藩の内紛から対決した師の言葉を胸に「おれは何処にいてもおれのすることを為す。そこのところを思いきわめれば束の間の一生、楽なものだ」と、莞爾として妻にいう三九郎が、たまらなく魅力的なのだ。

ところで、本作のタイトルは「武士」と書いて「おとこ」と読む。この場合の「おとこ」とは、武士という意味だけでなく、人間としての在り方そのものを指しているといえるだろう。作者はこの滝川三九郎がお気に入りだったというが、爽やかな風のごとき人生を見れば、それも納得なのである。同じ人間として、このように生きてみたいものだ。

「備前名弓伝」（「講談雑誌」一九四六年五月号）

岡山藩池田家といえば、勝入斎信輝以来の武功の家柄だ。主人公の青地三之丞は、その池田家の藩士で、弓の達人である。といっても、彼の腕前を知る者はほとんどいない。物語は、そんな三之丞の弓技と、その腕前を秘した奥ゆかしい人柄が、藩主に見出されるまでの経緯を、痛快なエピソードを添えて語ったものである。何を聞かれても「されば」としか答えない口の重い三之丞と、ガチャガチャと口うるさい叔父、そして三之丞のことをよく理解している叔父の娘。この三人のアンサンブルも、実に楽しい読み物となっている。山本周五郎作品の中では、軽いタッチの娯楽物だが、読後の心地よさは格別である。

なお本作は、神田周山名義で発表された。

「国戸団左衛門の切腹」（「週刊朝日別冊」一九六〇年五月号）

武士道というテーマのアンソロジーを作るとしたら、どうしても入れなければならないのが、切腹の物語である。なぜならば切腹は、ある意味、究極の武士道であるからだ。本作の、主君の恥を雪ぐため切腹する藩士という図式は、ありふれたものだ。それでもこの作品を選んだのは、恥を雪ぐために、独眼竜・伊達政宗まで巻き込むという、主人公の行動に魅了されたからである。不出世の英雄すら利用して、自身を切腹に追いやる。現代ではあり得ないからこそ、この武士道は、強烈な印象を残すのである。武士にこだわり、数多くの切腹場面を綴った作者だからこそ書けた作品なのだ。

「日本の美しき侍」（「別冊文藝春秋」一九五二年十一月号）

戦前から純文学を発表していた作者は、戦後、歴史小説や剣豪小説を手がけ、多大な成果を残した。関ヶ原で敗走した西軍の総帥・宇喜多中納言秀家に最後まで付き従った、進藤三左衛門の忠義を描いた本作も、そのひとつである。

新参者の三左衛門は、敗軍の将に従い、落ち武者狩りに狙われる身になったことを憂え、主君を見捨てるべきか迷う。けして忠義一筋の人物ではない。だが彼は、最後まで主君の逃亡を助ける。それは彼が秀家に、人間的な愛情を感じていたからである。ラストに登場する別の人物の「好きだったからです」というセリフからも明らかであろう。「日本の美しき侍」というタイトルから、武士道賛美の物語と思われがちだが、本作のテーマは武士道の奥に存在する、人間のプリミティブな感情にあるのだ。この点を見逃してはなるまい。

「男は多門伝八郎」（「小説NON」一九九三年十二月号）

江戸時代のもっとも有名な仇討ちは、赤穂四十七士の吉良邸討ち入り、いわゆる忠臣蔵であろう。武士道の鑑と誉めそやされることになる、吉良邸討ち入りの発端は、元禄十四年三月、江戸城松の廊下で、勅旨饗応役の赤穂藩主・浅野内匠頭長矩が、指南役の高家筆頭・吉良上野介義央に斬りつけた、刃傷事件である。この刃傷は、予測不可能の突発事であったため、かかわった人々の行動に、それぞれの性根が色濃く現れた。はからずも、武士道のリトマス試験紙の役割を果たしたのである。そしてこのとき、ひときわ鮮やかな武士道の色を出したのが、江戸城本丸御殿に登城する者たちを監察する御目付・多門伝八郎だったのだ。

作者は刃傷沙汰から浅野長矩切腹までの経緯を的確に追いながら、権力者の意に汲々とする人々と、あくまで武士道の本義を守ろうとする伝八郎の姿を対比させる。その硬骨漢ぶりが、なんとも痛快だ。時代小説でお馴染みの題材を取り上げながら、意外な角度から武士道を貫く男を描いた、忠臣蔵外伝なのである。

「残された男」（「オール讀物」一九九三年一月号）

筑後柳川藩主の立花宗茂は、関ヶ原の戦いで西軍に加わり所領を没収されたが、二十一年の歳月を経て、再び柳川十一万石を与えられ、失地を回復した。この事実に目をつけた作者は、とんでもない発想の物語を創造した。それが本作である。

物語は、柳川藩士の藤崎六衛門が、藩主の田中忠政の勘気をこうむり、蟄居している場面から始まる。最初は分からないが、やがてこの男が、所領回復のための密命を立花宗茂から受け、あえて新領主の田中家の下にとどまっていることが判明する。そして蟄居の原因となった事件も、六衛門の命懸けの戦いであった……。

忍者でいうところの〝草〟のような役割を与えられ、孤独に耐えながら使命に邁進する主人公像が、悲しくも美しい。特異な発想と硬質な筆致で、武士道の厳しさを描いた秀作として、記憶されるべき作品だ。

「武道伝来記」（「日の出」一九三六年三月号）

同藩の的場家の奴に辱めを受けた少年藩士の間宮和三郎は、これを成敗しようとするが、父親の織部に止められる。織部が的場家に、なにも行動を起こさなかったことから、間宮は臆病者の家と嘲られる。そのような空気の中で、さまざまな悲哀を舐めながら成長した和三郎は、ある事件で鮮やかな出処進退を示し、汚名を晴らした。手のひらを返したように、和三郎を賞賛する人々。しかし和三郎は、意外なことを申し出る。

「天正女合戦」と並び、第三回直木賞を受賞した本作は、いかにもこの作者らしい名品だ。作品の眼目は、鮮やかな武士道を示して、汚名を晴らした後の、主人公の言動にある。すでに本作に目を通した読者ならば、それが何であるか理解していることだろう。昭和初期に、このような武士道の在り方を描いたところに、作品の価値があるのだ。

「権平けんかのこと」（「小説CLUB」一九七二年六月号）

佐賀藩の山本常朝が書き残した『葉隠』は、さまざまなエピソードや教訓を通じて、武士の心構えについて語った、武士道の教科書である。「武士道というは死ぬことと見つけたり」という言葉は、あまりにも有名だろう。本作は、その『葉隠』に記された、松田与兵衛と野副甚兵衛の果し合いを題材にしているが、その扱いがユニークだ。

物語は、松田・野副の行動の解釈で対立した、ふたりの佐賀藩士が、同じような状況に追い込まれるというもの。松田の行動を支持した藩士と、野副を支持した藩士が、実際にその立場になってみると逆の意見を持つというのが、興味深い読みどころである。悲劇の一歩手前で、それを回避する、ラストの味わいもいい。本アンソロジーの締めくくりに相応しい、武士道小説である。

以上、八篇、楽しんでいただけたろうか。もちろん武士という身分のない現代で、ここに描かれたのと同じような武士道を貫く必要はない。だが彼らの生き方から学ぶべき部分は多いはずだ。先の見えない時代だが、私たちも心の片隅に武士道を置いて、毅然と生きていきたいものである。

ベスト時代文庫

武士の本懐 武士道小説傑作選

細谷正充・編

2004年6月1日初版第1刷発行
2004年7月1日初版第2刷発行

発行者……………………栗原幹夫
発行所……………………KKベストセラーズ
〒170-8457 東京都豊島区南大塚2-29-7
振替00180-6-103083
電話03-5976-9121（代表）
http://www.kk-bestsellers.com/
DTP……………………三協美術
印刷所……………………凸版印刷
製本所……………………ナショナル製本

落丁・乱丁本はお取替えいたします。
定価はカバーに明記してあります。

Printed in Japan ISBN4-584-36505-9